我想像的健太郎同學

Kentaro

我曾經把自己最重要的部分，
坦然地交出去給我愛的人，
但現在我不會了，
對我來說，這就是我歪七扭八的長大。

小四

我必須相信，
在這個世界上，除了我之外，還有很多人正在幸福，
或許有一天，我也能加入他們的行列，
即使不是現在。

0 我想像的健太郎同學

人生就是一連串的選擇題，而所謂「自我」，就是經由一連串選擇所堆砌起來的，每一個選擇，也都催促著我們了解「自我」，即便對自己的認識，從來都是虛無飄渺、充滿不確定性的想像罷了。

我是潘雅竹，半年後就要滿二十四歲，因爲一些意外，還沒有順利畢業，正值大學五年級下學期，即將踏進社會，卻又還沒做好決定，只是一天又一天，沉溺在漫畫之中。

找工作？

留學？

去國外當交換學生？

考研究所？

我到底想做什麼？

年紀越大，做決定就越可怕。

潘雅竹妳到底想要什麼？潘雅竹妳想過什麼樣的生活？大家都說這些決定只有我能爲自己做，但是，如果連我都不知道該怎麼爲自己做決定怎麼辦？

咳咳，一不小心就嚴肅了起來，比起這些讓人皺眉的事情，我更擅長做別的決定，也更容易在這些決定中找到自己，例如——

《庫洛魔法使》的雪兔哥和小狼？我選雪兔哥。

《尋找滿月》的英知與達克托？英知。

《蜂蜜幸運草》的森田和竹本？竹本。

十歲的女孩，會喜歡班上最會打籃球的男生；十五歲的女孩，會喜歡隔壁班的熱音社社長；二十歲的女孩，會愛上系上最有才華的學長；而快要二十四歲的我，只喜歡少女漫畫，與我想像的健太郎同學。

身高一百七十七公分，平常只穿素色T恤的健太郎同學，會在某個無聊的午後的咖啡廳，或某場我甩頭甩到扭傷的演唱會，和我以極爲普通的方式邂逅。在他快離開的時候，我會猶豫一番再鼓起勇氣，問他的聯絡方式，而他會拿出手機，笑說眞巧、他也想問我的名字。健太郎同學用我的手機打字的時候，劉海會微微遮住他的眼睛，卻藏不住他泛紅的雙頰，然後，我會說服自己，這不過是天氣太熱的緣故，我手心的汗，也是這樣來的。

一想到自己與健太郎同學站在一起的畫面，我就會心跳加速，在床上滾來滾去。

健太郎同學會對我溫柔，健太郎同學會保護我，但不會看輕我，健太郎同學會帶給我前所未有的生活，健太郎同學會重新教會我，戀愛是多麼美好的事情，我過去經歷的都不是真正的戀愛。

「別哭了，這不是妳的錯。」健太郎會柔聲安撫我。

沒錯，我只要喜歡著心裡的健太郎同學就好，直到我忘記從前，好好地重建這個潘雅竹，有一天，我就能獲得幸福。

原本我是這樣想的，可是，爲什麼在我忘掉過去、重新出發之前，真實的健太郎同學，會突然出現在我的面前……

1 我遇見的健太郎同學

大學的最後一個學期，已經開始了兩個禮拜，在離開學校的公車上，我聽著Deca Joins的歌，悶熱的二三六公車，嘈雜著紛亂人聲，好悶，好吵，醞釀著無法控制的暈眩感。

我的學校建在文山區的山坡上，雨季來臨時，都會見證公車駛進、駛出雨裡的瞬間。大一的時候還會po文抱怨，或是讚嘆學校根本是水上樂園，每逢暴雨，通往系館的山坡就會變成瀑布，讓蹺課的衝動，也變得跟地上水流一樣洶湧，這種討厭的感覺，直到大五下學期仍然存在，只是已經習慣了，於是不會輕易和別人提起，畢竟，即便雨在這裡還是一種苦難，也是一種司空見慣的苦難。

盼著望著　但明天太遠了
我還等待著　被拖延的人生
但我習慣了　生活是沉悶和孤單的總和
我是個悲哀的空殼

〈海浪〉詞／曲：鄭敬儒

在心中默念著〈海浪〉的歌詞，不管是通勤上學，還是搭上離開學校的公車，這段移動的過程都令人不適，不知道要前往的地方有什麼，也不知道自己到底要前往什麼地方。啊，我也真是具悲哀的空殼呢，這樣的我，是沒辦法站在健太郎同學身邊的。

「我也很喜歡這首歌喔。」坐在我身旁的男孩說。

我轉頭與他四目相接。

我不認識這張臉，但是他的身形、身上的白色T恤、講話的聲音，都跟我想像的健太郎同學，一模一樣。我一直沒辦法想像健太郎同學的臉，總覺得他的容貌怎樣都好，正是因爲沒有侷限，我才能藉由想像它的存在，而對未來多點期待，可是現在，我沒有辦法把身邊這個男生的臉，跟健太郎同學的形象分開了，好像健太郎同學原本就是長這副模樣。

陽光從我右手邊的窗戶射入，打在我左手邊的男孩臉上。他認眞看我時，稍微瞇起眼睛，看來他略嫌太長的劉海，並未起到遮陽的功效，一頭蓬鬆的捲髮，給人一種輕鬆的清爽感，也柔和了他的面孔；他的唇在笑的時候微微撇起，中和了他高挺而頗有威嚴的鼻梁，他的雙眼更是讓我無法輕易移開視線，細長的眼睛漂亮地映照著光線，但纖長的睫毛又使他的目光變得霧濛濛的。

「啊……抱歉，我音樂開太大聲了。」不小心盯著他太久，我急忙低下頭，調整耳機音量。

「沒關係，我很喜歡喔，今天剛好忘記帶耳機了呢。」如健太郎同學一般的男孩說，而我鼓起勇氣，再偷偷看他一眼。

男孩瞳孔裡的光，也在他語畢之際消失，原來是因爲，公車進入地下道了。

「你是下一站下車嗎？」男孩問，刺眼的陽光消失後，他不用再瞇著眼睛，目光變得更加溫柔，也多了股好奇的意味。

「呃……」這個問題對我來說太有攻擊性，我忍不住縮起身體。

「對不起！我沒有別的意思，只是公車這麼擠，怕妳待會下車不方便。」像健太郎同學的男孩慌張地補充，「而且我的腳，一定會擋住妳的。」

「我是下一站下車沒錯，那我先走囉。」男孩最後一句話逗笑了我，那確實是一雙很長的腿。

「請。」男孩對站在我們座位旁的乘客說聲抱歉，用肢體語言麻煩他們稍稍後退，自己從座椅上站起來。

我珍惜著他的體貼，順利地離開座位，緩緩走向車門旁的空隙。

「下一站，捷運公館站。」

車門開啓，我回頭望向那個長得像健太郎同學的男孩，發現他也注視著我。

拜拜，他用嘴型說。

拜拜，我也在心裡回應。

再見囉，健太郎同學，就這樣與你相遇，眞的有點可怕呢。

後來，並不是健太郎同學的那個男孩對我說，他當時問我是不是下一站下車，其實是想跟我借耳機，好好地聽完〈海浪〉。

好奇怪的要求，我這樣回覆，卻也覺得，要是他當時就這樣直接地告訴我，也不怎麼壞。

2 我同居的吳家維同學

「沒錯，我在海拉魯大陸。」

吳家維傳來的訊息證實了我的推測。

事情是這樣的，買完喜歡作家的新書後，我秉持著優良室友的精神，傳訊息問他在不在家、要不要喝手搖飲，他瀟灑地回了我這句話，並補上一句「珍珠紅茶拿鐵少冰無糖」。

這傢伙果然休假就只會窩在房間打電動，尤其是在買了任天堂遊戲機Switch，以及遊戲片《薩爾達傳說》之後，就連室友我本人，也常常一兩個禮拜遇不到他。

「等我玩完可以借妳玩，雖然這好像沒有玩完的一天，呵呵。」就算一起坐在客廳，他也是盯著Switch看，開口閉口都是遊戲中的海拉魯大陸。

吳家維似乎很容易沉迷於某件事，他菸抽得很凶，手遊也曾打得很凶，但他最沉迷的，還是電影，他花在Switch上的錢和時間，仍遠遠比不上電影。

金馬影展、金馬奇幻影展、遊牧影展、台北電影節，以及在半路咖啡放映的各種邪典或不邪典電影，他都喜歡且來者不拒；台藝電影畢業展、北藝大電影創作學系畢展，以及我們自己系上的畢展、各種實作課的成果發表，吳家維也都不會缺席。

他在這些場合的出現頻率實在太高，也確實看過許多電影，學弟妹時常找他討論劇本、討論攝影、討論導演，而我和他與劉優共租的住處，即便離母校有好一段距離，卻仍像系上的系館一樣，常常有熟悉的系友出入。

「不過，你們十二點後都要離開，不要抱怨，叔叔我已經不是可以熬夜清談的年輕人了！」吳家維總這樣說，但只有我和另一個室友劉優知道，客人們離開後，他也不急著睡，僅是忙著看自己想看的電影。

吳家維和劉優都畢業了，前者在影像器材店工作，後者是新創公司的行銷助理，這裡只有我，最高學歷還停留在高中。

「我買飲料回來了。」我敲了下吳家維的房門，他輕輕回了聲進來。

他嚴肅地坐在電腦螢幕前，螢幕上播放著《四百擊》的經典場面，片中的男孩奔向海洋，踏了幾下浪，便往岸上走，背對海洋，對著鏡頭投出迷茫的眼神。

「不管看幾次，還是覺得好棒。」吳家維放慢了語速，帶著感嘆。

他拿起菸盒，我知道這是一起抽菸的邀請。

「我看《四百擊》時，都會想到妳耶。」

「為什麼？」

「覺得妳跟主角很像啊。」

「是嗎？你的意思好像是在說，我還沒有解決青春期的挑戰關卡。」

我們走出家門，坐上路邊離家不遠的台階上，如往常習慣那般一邊抽菸，一邊聊些瑣碎的思緒。

「你不抽紅Ma囉？」我注意到吳家維換了種比較淡的菸。

「對啊，總覺得抽那款菸的感覺跟大學時不太一樣了，也可能是身體變差，稍微抽一下頭就暈了。」

「想當年你還是一天能抽一包紅Marlboro的人呢。」

「想當年，妳也是個意氣風發的人呢，超銳利的，卻很有趣。」

我不想回應，只是盯著剛吐出去的菸霧，看它從看似有形體的模樣，漸漸轉化成一片虛空。

「待會妳開門喔，我沒帶鑰匙。」

「咦？我也沒帶耶。」

即將入夜，我們愣愣地坐在台階上，決定再抽第三支菸。

3 我口中的健太郎同學

三月的初春暖風第一次吹起，但我還是決定，打破這段舒服的沉默。

「那個啊，吳家維。」

吳家維正抽著第三支菸，轉過頭來，露出疑惑的表情，看來我也打斷了他空靈的悠閒。他頭髮的長度和我差不多，再長個兩三公分就會及肩，跟披頭散髮的我不同，他總是會好好地把頭髮紮起來。

此刻風輕輕吹著吳家維的小馬尾，而他戲劇化地皺眉。他的眉毛只有眉頭兩點濃密，眉尾幾乎是一片空白，這令此刻的他看起來就像一隻感到困擾的柴犬；單眼皮的小眼睛，在圓形的金屬框眼鏡下，似乎更縮小了幾毫米，但這也增強了他特有的喜劇效果。

「你還記得，去年聖誕節，我喝醉的時候，有提到的那個……呃……」

「健太郎同學。」

「對、對啦。」聽到只存在於我腦中的名字，就這樣被吳家維念出來，我感到非常難爲情。

「妳眞的是少女到不行耶，笑死，當時妳醉到靠在我肩膀上，還一直硬要跟我說什麼『健太郎同學』，超丟臉的。」

「喂喂，要不是喝醉，我才不會告訴你咧。」

「是這樣嗎？妳在我面前還有什麼祕密嗎？」

「當然有，我還有很多你不知道的事情呀。」

好吧，其實並沒有。

和吳家維也當了四年同學、快三年室友，連衛生棉條都曾叫他幫我買過，現在腳上的這雙慢跑鞋，也是他陪我去買的，他說這種灰色，和我平常穿的褲子比較搭。

「我今天搭公車的時候，遇到一個跟我想像的健太郎同學一模一樣的男生，他說他也喜歡Deca Joins。」

「哈哈，原來健太郎同學也是小文青啊？」

我沒好氣地瞪了吳家維一眼，這個聽巨大的轟鳴的〈ASHS〉就會哭的人，到底有什麼資格批評別人的愛好？明明自己也是腦粉樂迷啊。

「總之，我覺得很可怕，沒想到眞的會有人像健太郎同學。」

「妳特別爲自己設的、保護自己的奇怪擇偶標準，突然被一個陌生人達成了？」就是這樣吧。我只在心裡回應，彆扭地不願意承認，吳家維精準地說出我的想法。

「妳就直接承認那是一見鐘情吧，剛好妳的天菜咻地掉下來，落在妳的身邊。潘雅竹，妳要好好珍惜唷，搞不好他是老天爺爲了補償妳，特別派來的天使。」

「你怎麼知道？」我挑釁地問道。

「因爲我就是老天爺第一個爲妳派下來的天使啊。」

「好嗯，那天使，能把我弄回家嗎？我餓了但沒帶錢包下來。」

不知不覺，天已經黑了。

「那我們先去吃飯吧，我也是巷口小吃店阿姨的天使喔。」

吳家維一把扶住因突然站起而頭暈的我，我拍拍他的肩膀，表示感謝。

人啊　需要陪伴　但你得要先習慣孤單

Brotherhood比起談戀愛　要有多簡單

吳家維突然唱起〈ASHS〉，我也接著唱另一段。

所以當我們同Chill在一起的時候
我都特別的珍惜　we smoke
開心的夜晚　好朋友們全都在一起

〈ASHS〉詞／曲：王之佑

4
我羨慕的劉優同學

巷口的小吃店，主打陽春麵和餛飩湯麵，燙青菜總是澆上很多油蔥，店面的牆壁，早就被日復一日的油煙薰成咖啡色，鐵椅鐵桌摸起來也有股經年累月的油膩，但我們室友三人，都很習慣這裡。

「帥哥、妹妹，我今天偷偷幫你們加滷蛋喔。」捲髮老闆娘端上兩碗麵。

「謝謝阿姨！」吳家維有朝氣地大聲回應，整間店的人都看向我們。

「為什麼你是帥哥、我是妹妹啊？」等阿姨走後，我憤恨不平地問。

「妳要珍惜，被叫妹妹的日子不多了。」

「你被叫帥哥才難得呢。」

「你們兩個很幼稚耶。」劉優在我身旁坐下。

同樣是廣電系的學生，劉優摸索出另一條路，正在新創公司當行銷助理，可惜收入跟吳家維差不多低，工時也跟吳家維差不多長。今天她穿著雪紡材質的古著洋裝，眼角畫上腮紅，儘管只是朋友聚會，卻還是坐得直挺挺的。從大一到現在，她一直都是最能幹的那個，廣電雙主修企管、輔修日文，卻還是有時間照顧好一頭漂亮的大波浪捲髮，出社會後每天都完妝出門。

「欸，劉優，妳有沒有興趣自己接案啊？我有個朋友，最近有作品要上院線，想找人做行銷。」吳家維問。

「不行啦，我光是上班就忙不過來了，已經好久沒約會了。」劉優雙手托頰，露出少女神色，一雙流露出困擾的鳳眼讓她有股古典美。

「啊，不然你可以問雅竹啊，她又不是沒做過相關的事情。」劉優說。

「我、我不行啦，我這學期要拚畢業，不要做其他事比較好。」我急忙拒絕。

「包括談戀愛，是嗎？」

我不理會吳家維的調侃，繼續用青少年狼吞虎嚥的方式，吃完桌上的陽春麵，畢竟，我還是妹妹嘛。

吃飽飯後，我們繞遠路回家，三人一起走在漸漸轉暖的夜風中，吳家維走在前面，我和劉優並肩落在後面。

「好懷念喔，以前我們每天都這樣呢。」我忍不住說。

另外兩人淡淡地回說對呀，就沉浸在各自的思緒中。他們一定在我不知道的地方，累積了很多我不知道、不能理解的煩惱吧。

走著走著，我嚇了一跳，發現自己竟然在想，不知道那個像健太郎同學的男生，聽Deca Joins的歌時，是否也煩惱著什麼。

5 我流淚時的健太郎同學

我們都被困在這寂寞的夜晚
陽光照進窗簾卻太過刺眼
過於溫暖的冬天讓人失去自覺

〈浴室〉詞：鄭敬儒／曲：Deca Joins

聽著台上的Deca Joins，唱我每晚睡不著都會聽的〈浴室〉，我跟著重重的Bass聲，輕輕搖晃。總是這樣的，我聽這首歌時，總是會想到那個人，某年三百六十五天，同樣重重地將我創傷的，那一個人。

當時究竟在想什麼，才會放任自己被那樣傷害呢？我反覆回憶，試圖在細節中了解自己，也同樣嘗試著在自己每一次的選擇中，重新看見自己，但我始終找不到一個足夠理性的理由。

總歸一句，不過是太愛他，或太渴望愛而已。

那個人，我在大二夏天拚命去愛的那個人，雖然也給過我開心，但交往那一年，他給我更多的，不過是一連串的情緒勒索與暴力對待。我是那麼地想成爲他想要的模樣，然而，他自己也不知道，他想要的究竟是什麼，於是我只能在一次次的回應中，一而再再而三地，換來更多的失落與自我輕視。

那個人的一切，和健太郎同學既相似又相反，若當年相戀的是我想像的健太郎同學，如果當時和我在一起的，是溫柔又會完全包容我的健太郎同學，我的人生一定會很不一樣吧，我老是這樣想像著。可惜健太郎同學並未出現在我面前，並未爲當時的我帶來一次拯救，那又有什麼辦法呢？畢竟連我也不怎麼喜歡自己了啊。

我被歌曲所營造出的暖冬，暖得失魂，愣愣地把自己的身體交給音樂與混亂的思緒，沒辦法清醒，也或許是變得太過清醒，而太過清醒，只會讓我更有力氣去責難自己。

好討厭當時的自己。

好討厭現在的自己。

我沒有辦法喜歡自己。

討厭。

討厭。

討厭。

討厭。

討厭。

討厭。

討厭。

討厭。

當劉優忙著工作，不再有時間看表演，當吳家維爲了養活自己，而捨棄一部分喜歡的娛樂，我只能一個人站在這裡，一個人留在過去的生活裡，沒有辦法前進，光是站在原地就好像後退，我一個人孤單地往後退，困在過去的悲傷裡，窒礙難行。

跑吧　離開我吧　享受這過程　我只感到沮喪
走吧　跟我走吧　我帶妳去我最愛的地方
一個與我格格不入的地方　和那與我格格不入的妳
一個與我格格不入的地方　和那與我格格不入的妳

〈巫賭〉詞／曲：鄭敬儒

一回神，發現自己已經在哭泣。

是啊，沒有誰丟下我，沒有誰傷害我，都是我自己的錯吧，都是我自己的問題吧。我站立的地方，下起一小陣雷雨。瞥向身邊的人，他們也都沉浸在音樂裡，小小聲附和著。

難得還能讓我藏身在這裡，難得還能躲藏在音樂裡，這個我最後的堡壘，會不會有一天也將與我格格不入呢？不夠堅強的靈魂，對這麼好的音樂來說，會不會是一種褻瀆呢？當大家都這麼努力地面對生活，我卻只是盡全力地能逃就逃，當一個膽小鬼，老是想著健太郎同學，將他與美好未來畫上等號，自己卻不怎麼努力。

我跟著音樂，繼續流淚。

「妳需要衛生紙嗎？」

身邊傳來一個陌生卻有點熟悉的聲音。

我抬頭看，啊，是公車上那個像健太郎同學的人。

6 我並肩走著的健太郎同學

「妳需要衛生紙嗎？」像健太郎同學的人問我。

嘴。

「呃……好。」

摸摸自己的臉，發現除了兩條淚痕外，連鼻涕都快沾到嘴唇，我難為情地掩住嘴。

「他們的音樂，眞的很好呢。」

像健太郎同學的男生溫柔地說，緩和了我尷尬的心情。

「是啊，我也非常喜歡。」

「我也會聽歌聽一聽就哭了，好像自己說不出來的感覺，都被他們唱出來了。」

他刻意笑出聲，好像有點害羞。

或許是因爲很專注地在感受他的緣故，我很快脫離情緒低谷，也或許是因爲，和他對話特別舒服的關係，我不知道眞正的原因到底是哪個，或許兩個都有吧。

這個像健太郎同學的男生，說他今天也是一個人來。

「我可以站在這裡聽嗎？」

「……當然可以。」我說。

直到演出結束、安可也結束後，健太郎同學才開始和我對話。

「我來的時候就在想，說不定會遇到那個公車上的女生，結果眞的遇到了。」

「我倒是完全沒想過會遇到你呢。」我甚至不確定，這麼像健太郎同學的人，是不是只是我自己的幻覺。

我們漫步在華山文創園區中，慢慢踩著石磚地，我沒有多說話的欲望，對於他的各種資訊，也是害怕大於好奇。我並沒有那麼想了解身邊這個人，心底偷偷期盼他能一直只是我的想像，但是又不想和他斷了聯繫。

「最近我身邊的朋友，也都不怎麼聽團了，我也常常一個人來。」他感嘆，「畢竟大家都有自己的生活，需要考慮更多務實面的事，我還能這樣偷閒，應該也算是很奢侈了吧。」

「我也是，和朋友比起來，我的生活好像很沒有責任感。」我想要以玩笑的語氣說，氣氛卻還是變得沉重了。

我們走出園區大門，沿著草原旁的走道前進，接連幾分鐘都沒人出聲。

我一邊後悔說出這麼沉悶的話，也一邊思考自己是否要再發言，以及我到底要不要問他的聯絡方式？我遲遲無法做出選擇，但眼看著離他停放機車的位置已經越來越近了。

放棄吧，潘雅竹，我對自己說。

妳都不知道自己想要什麼了，爲什麼還要多認識一個人，甚至是一個妳知道自己會對他抱有期待的人呢？妳不怕過去那種糟糕的情境再度重演嗎？

就淡淡地向這個長得像健太郎同學的男生告別吧。我不想增添新的風險，光是過現在的生活，我就需要很努力了啊。

再見了，長得像健太郎同學的你，請讓我保有對健太郎同學的美好想像吧。我在心裡對著他大聲呼喊。

終於走到了他的機車旁邊，這是一個就此訣別的最好時機。

我揮手說再見，告訴他，我很感謝他的衛生紙，這一點也不打擾，要他不用爲此說不好意思。然後，我轉身離開。

「嘿！不好意思。」健太郎同學叫住我。「可以告訴我妳的名字嗎？方便的話，也想問能不能加妳的臉書，如果妳願意，我們之後，呃，或許可以一起去看表演？」

略爲急躁的說話方式，有別於他先前的從容，他好像也有點緊張。

「要是不方便，也沒關係。」見我沒馬上回應，他急忙補充。

長得像健太郎的男生站在路燈底下，背後有零星幾台轎車飛逝而過。畢竟是深夜的台北市，就算到了該睡覺的時間，還是一樣喧嘩呢。方才他開口的時候，背後閃過一瞬特別強烈的光，我一時看不清他的臉孔，等光線退去、他不再背光後，我才能好好地看向他的臉，這似乎是我第一次這樣做。

前進嗎？

到了該前進的時候了嗎？
潘雅竹，其實妳也很想前進吧？
回憶起自己正在後退的感覺，不甘心的惱怒頓時迴盪在我的胸口。
「我叫潘雅竹。」
妳該前進了。

7 我認識的游健動

游健動，像健太郎同學的男生，叫這個名字。
我在捷運上滑他的臉書，過東門站時，我已經大略了解這個人。雖然po文不多，但他的「關於」都有更新，或許是個有自信的人吧。
台北人，高中讀男校，玩過熱音社，彈過吉他；大學念國企系，持續接觸音樂活動，辦過幾次音樂節，正在念研究所，大我一屆，應該碩二了。
這真的是一個活生生的人啊，我忍不住這樣想。透過這些經歷快速地了解這個人，雖然只抓到一些邊邊，但已經足夠對他有一定的想像，活在資訊時代，就有這個好處，或是壞處。

雖然都是公開資料，但還是有做虧心事的感覺，我關掉臉書，重新打開看到一半的漫畫，決定以後有機會認識這個人的話，再好好認識，目前就先放著，順其自然。這也不是什麼膽小，只是想順其自然而已，我告訴自己。

「今天謝謝妳。」游健勳傳來訊息。

看了幾章漫畫後，我還是只能回一個簡單的貼圖。

該下車了，我從手機裡抬頭，看見黑色車窗映出我的表情，正在微笑。

高中畢業後，或者大學畢業後的戀愛，都是怎麼開始的呢？

明明知道少女漫畫、愛情小說所構築的，不過是一種對愛情的幻想，總是以戀愛解決一切問題，好像愛是任何事情的答案一樣；明明知道這些被製造出來的夢想，只是夢想，卻還是在脆弱、猶豫的時候，一而再、再而三地相信了。

看到漫畫裡平凡的女主角，即便身上充滿缺點，還是能夠被愛；集所有優點於一身、內心卻有著陰影的男主角，還是得到了救贖，這給了我一種安心的感覺。

至少在這個世界上，除了我之外，還有很多人正在幸福，或許有一天，我也能加入他們的行列，即使不是現在。

夾在陌生的人群中間，我站在電扶梯上，緩緩上升。

這些人都有可以回去的地方，那裡有人在等他們回來，有人等著被愛，有人等著付出愛。

那麼，這樣平庸的我呢？

過了少女漫畫女主角的年紀後，愛情該怎麼開始呢？

我不知道。

過了好幾年，回頭看的時候我才發現，早在這時，我就已經少女漫畫式地，喜歡上只見過兩次面的游健勳。儘管這好像只是把我的夢想，加諸在他的身上，卻也無法否認，這也是一種愛情的模樣。

8 我不想認識的通識課同學

好的，新的一週又開始了。

劉優一早就起床梳洗，帶著全妝出門上班，吳家維雖然睡到十一點，但也是從容地去上下午一點開始的班。下午兩點，我一個人坐在客廳吃來一客泡麵，用Netflix看《月刊少女野崎同學》。

我們一起租了這層公寓兩年有餘，客廳貼滿喜歡的電影和樂團的海報，有不少張上面還有簽名。過去的我們，年輕有閒，所以有時間坐在表演場地和電影院外，等崇拜、喜歡的那些人走出來，爲我們簽名；現在的我們好像沒有這種熱情了，牆上的海報也有一陣子沒更新了。

我坐在接縫處裂開的皮沙發上，看著還剩幾條麵漂浮其中的泡麵碗，覺得自己對整個人生都食欲缺缺。不過我還是把泡麵吃完了，我還是選擇繼續生活。

哎哎，差不多要出門上學了，從這裡搭公車到學校差不多要一個小時。待會要上的，是一定要修才能畢業的通識課，大部分的人在大一、大二就會修完，所以我是那堂課上年紀最大的學生。

眞是奇怪的感覺，好像只有自己一夜之間變老，沒辦法和同堂課的同學，再次在意一樣的事情了。身旁的學弟妹還在討論宿營、選課或是暑假要不要去找實習，我臉書河道的朋友，則已紛紛抱怨職場多難待。

我卡在兩者中央，什麼都不是。

「好，我們今天要講的是菸害防制。」台上的老師說。

這堂通識課是大班課，課程主題圍繞在毒品防制與藥物管理，期末還要分組拍一支宣導短片。

看著投影幕上因抽菸而變黑的肺，我決定打開手機繼續看動畫，藉此逃避現實。

《月刊少女野崎同學》故事以男主角野崎梅太郎爲中心，開始於女主角佐倉千代充滿少女心的一連串誤會，佐倉鼓起勇氣向野崎告白，野崎一臉了然，卻將佐倉帶到他家。原來男高中生野崎同學，其實是當紅少女漫畫家「夢野咲子」，他誤以爲佐倉是自願擔任漫畫助手的粉絲……

嗯，這不算是典型的少女漫畫，但我很喜歡作者椿泉的幽默感，不僅把單行本都租回來看，甚至還看了動畫。

青春時期的戀愛，是不是很多都源於誤會，或發展於一連串的誤會呢？可惜現實生活中的我們，都過得很安全，身上也沒有什麼會讓人意外的祕密。

我坐在教室裡，坐在扣除老師後，平均年齡約小我兩歲的人群中，想著一些高中生不想上課時會想的問題。

「對了，學姊是廣電系的吧？妳對期末影片有什麼想法嗎？可以的話，想多聽聽妳的意見！」

助教課的時候，我們依助教的要求，搬了桌椅圍成一圈。

「學姊妳的膚質好好喔，是不是都有防曬？還是都沒有曬太陽？好羨慕。」

坐在我旁邊的大一學妹，問都沒問就捏了我的手一把，我有點粗魯地把手收回去，但還是保有笑容。

學姊、學姊、學姊，我不喜歡這個稱號，這個稱號總是更讓我不知道，自己在這個場域裡該呈現什麼姿態。見我話不多，學弟妹們自顧自地聊了起來，我待在一旁發呆。

要是能像漫畫裡的人就好了，那樣的人生，好像比較有趣。一般來說，男主角會被設定成停筆很久的作家，那種因爲某個重大變故而放棄夢想的藝術家，女主角會是什麼都不知道的天眞傻妹，兩人從互相討厭到互相愛慕，女主角還得和男主角的家人或前女友過招幾回，男主角則得花一個單行本左右的篇幅，去處理自身的問題，到了最後一本單行本，才會宣告，OK，從此以後，他們將會陪伴著彼此，過著幸福快樂的人生。

如果遇到放棄夢想的藝術家，我有辦法像漫畫女主角一樣，讓他重新找回夢想嗎？應該沒有辦法吧，比起找回夢想，過得幸福快樂更重要吧？畢竟比起幸福快樂，夢想是微不足道的東西，也只會讓人痛苦。

可是，幸福快樂的人生，到底是怎麼樣的人生呢？

這麼一想，漫畫男女主角的命運，又變得有些無聊了。

「下課，提醒大家週五中午十二點前要上傳報告喔，有問題再寫信給我。」和我年紀一樣大的助教說。

正當我踏過門檻，盤算著要在哪堂課偷寫這份報告時，一個不太熟悉的身影出現在隔壁教室。

游健動？而且他還站在講台上收報告？

9 我不認識的游助教

我站在教室外偷看，站在講台上的那個人，確實是游健動沒錯，他今天也穿素色T恤，頭髮比前幾次見面時整齊，或許是因爲工作的關係吧。

第一次有機會能好好地注視著他而不用慌張。

他對每個呈上報告的學生微笑，偶爾瑣碎聊個幾句。有幾個明顯沒帶報告來的學生，在他面前擺出很難爲情的模樣，這一招或許每個大學生都用過。游健動笑笑地、完美地解決這一關，成功讓大學生自行寫信向老師求情。他修長的腳，這幾分鐘都沒動過，沒有透露出一絲一毫的不耐。

這一次跟午後斜射的陽光沒有關係，游健動正閃閃發亮。

突然，他轉頭過來，露出一臉驚訝。我嚇了一跳，轉開視線，假裝自己只是走錯教室的學生，趕緊離開。

「潘雅竹！」

游健動站在教室門外，喊我的名字。

我回頭，看見陽光和我一樣注視著他，他站在我習以爲常的走廊上，可是，這條走廊因爲他，變得完全不一樣，教室旁邊那些平時看來陰鬱的植栽，也因爲他的緣故，變得好像精心造景過的花園；一旁的鳥鳴聲，或許是由於我過於緊張，被誇張地放大，變成一種奇幻又浪漫的背景音樂。

「果然沒認錯人，」健太郎同學，不，是游健動歪頭笑笑，「妳趕時間嗎？」

我搖頭。

「那可以等我一下嗎？」

我點頭。

游健動回頭拿了他的包包和一疊報告，交代還在聊天的學生關燈。

「抱歉，本來想問妳要不要一起吃晚餐，但我還要把這些報告送到研究室，妳想跟我一起去嗎？」

他靦腆地說，爲自己難得的毛躁感到抱歉。

我們走上旋轉樓梯，好奇怪，陽光怎麼老是跟著他呢？總是把他曬得特別好看，每一次看他，都好像在看用大光圈拍出來的照片，除了他之外的地方都霧濛濛的。

「你是助教嗎？」

「對呀，我在這裡念研究所，沒想到我們在同一所學校念書，眞巧。」

「我剛剛在你隔壁教室上通識課呢，眞是尷尬。」你是碩士生，我是延畢生。

「不尷尬啊，因爲這樣，我們才會碰到啊。」原先注視前方的他，一邊說著這句話，一邊將視線轉向我。

「是說，你是念什麼的？也是商學相關嗎？」

說完，我才想起他沒跟我提過自己的學經歷，我等於是暴露了我特地去查看他個人資料這件事。怎麼辦，這一定會讓人反感吧？

「我大學是念國企沒錯，不過，我現在在念文學。」游健勳說。

他看起來很開心的樣子。

10 我一起吃燴飯的游助教

我們從學校側門出去，有一搭沒一搭地聊著，原先對健太郎同學的想像，並沒有越來越淡，而是更強烈地與游健動這個人疊加在一起，讓我少了很多與陌生人初識時的戒心，就好像我早就認識游健動很久了。

「妳會去下個月在潮州街的音樂節嗎？」

「嗯……還不確定耶，你呢？」

「我會去喔，有幾個想看的團，我也很喜歡那一帶的氛圍。」

「這樣啊。」差點脫口而出，告訴他我就住在附近，眞是太大意了。

游健動體貼地走在靠馬路的那側，我偶爾會爲了閃避行人，而稍稍碰觸到他的手臂，第一次碰到時，我急忙說了抱歉，他只是笑笑地表示沒什麼，雖然第二次、第三次時，我不再特意道歉，卻也無法習慣，碰到他肌膚的那種觸感。

上一次接觸到人的體溫，是什麼時候呢？

應該是上一次跟吳家維借充電線的時候，手掌心被他的手指滑過吧，也可能是有一天劉優拿到一個重要的專案，在酒吧很緊地擁抱著我。不過印象最深刻的，還是好幾年前，有一個人同樣緊抱著我，不停地在我耳邊低語：我愛妳、我愛妳、我愛妳，雖然小聲，每一個字句卻都在我耳中被放大、響起回音，非常地吵雜、沉重、讓人不適。等到能冷靜回想時，我才驚覺，那應該就是愛情變質的聲音。

「在想什麼呢？」游健動問。

「沒什麼。」

我們走進幾乎客滿的小吃店，這裡去年剛翻新過，鑲在牆上的液晶螢幕，正在播放HBO台的老電影。我坐在能看得到電視的一側，愣愣地，想說怎麼這麼巧，剛好播到《戀夏500日》中，Tom與Summer搭同一班電梯，Tom更無可救藥地戀上Summer的一場戲。

游健動主動去拿餐具和紙巾，確認我也想喝紅茶後，再去幫我倒了一杯，他的動作太流暢，我沒有插手幫忙的餘地。

「抱歉，麻煩你了。」我說。

「不會呀，妳也幫我們顧好東西了。」

循著我的視線，游健動回頭看了電視一陣子。

「我很喜歡這部電影。」他說。

「我也很喜歡，還看了三、四次呢。」

我們點的燴飯被送上桌，其實我已經很久沒在學校附近吃飯，總是上完課就直接搭車回租屋處。重新回到這間餐廳，有種回到學生時代的感覺，儘管我從沒眞正脫離過它。

「我有一個朋友啊，說燴飯吃起來就像廚餘一樣，以前約他吃這間，他都不願意。」我想起吳家維。

「以前？那現在呢？」

「他畢業囉，我們這屆廣電系，剩我還在這裡而已。」

「這也是很常有的事情嘛，時間。」

「是啊，時間。」

我們重複著平凡無奇的詞彙，用隔壁桌的人想必聽不懂的語言，默默地溝通。或許游健動話裡指涉的事情，其實和我完全不一樣，但那好像也不是最重要的，我只在意他是否如表面上自在。

「我也是大學最後一個學期，才決定要考研究所的，總覺得自己缺了一個『什麼』，但這個『什麼』，如果直接出社會就找不到了。我想，這個『什麼』對我來說，應該就是一個我很喜歡、但一直沒有接觸的學門，如果沒能在學生時期好好地碰一下，就太可惜了。」游健動說。

「是文學，對嗎？」

「是啊，是文學。人生眞的很漫長，而且以現在的醫療技術來說，只會越來越長。既然我足夠幸運，沒有太大的經濟壓力，那就再多念點書吧，我是這樣想的，不然往後的六十年、七十年，我可能都會是同樣的自己，目前我對這樣的『自己』不太滿意。」

啊，抱歉抱歉，怎麼一不小心，就跟妳說了這麼多麻煩的話題？都是我在說話呢。游健勳回神過來，對我如此解釋，臉頰染上些許紅色。

「不麻煩呀，我覺得很有趣，我也正在思考這類問題。」

而且，聽你說越多話、聽你闡述越多你的想法，就更覺得游健勳是個有趣的、等待被認識的對象，會好奇將來你會變成什麼模樣。眞是矛盾的感覺，在我面前的你，明明這麼有眞實感，我卻總是下意識地認爲，我已經在自己的想像中認識你好幾千遍。

大概是以爲我正在思考自己的生涯規劃，游健勳溫柔地將視線移向他方，等我再說下一句話，或是等時間過去得足夠久，好讓我們得以進行下一階段的談話。

你不知道，我一直在想你。

「對了，你是助教呢，助教。」我喚回他漂移的視線。

「不要糗我啦，我也不過是在打工而已。」他笑。

11 我定下約定的游助教

用完餐後，游健勳陪我到公車站等車，這時間站牌前擠滿了學生，或許是剛下課，或許是正要去更繁榮的地方享受生活，我總是安靜地聽他們聊天，聽他們聊哪個難搞的室友、通識課遇到怎麼樣的組員，又或者是系上活動有什麼八卦。總覺得大家的生活都很豐富，雖然我也不是沒有經歷過，但我已經過了那個階段，那種「未來什麼都有可能」的念頭，或者認爲自己能掌握一切的自信，我都沒有了。

「我可以問你一個很奇怪的問題嗎？」我說。

「什麼問題？」

「你覺得長大是什麼感覺？」

「哇，眞的是一個奇怪的問題呢。」游健勳笑。

「抱、抱歉。」

「可是很有意思。」游健勳說完陷入沉思。

他的思緒停留在遙遠的地方，我不敢貿然打擾。公車來了，我們什麼話都沒多說，只是簡單地揮手，然後我獨自步上公車。

下周要不要再一起吃飯？

坐在公車後面靠窗的座位，我看見車外的游健動對著我說話，從他的嘴型判斷，似乎說的是這句話。

好。

我也用嘴型回答，配上老土的豎起大拇指手勢，比完才意識到這已經不合時宜，緊張地放下手，而窗外的游健動大笑。

游健動今天點了蕃茄牛肉燴飯啊。我聽不見身邊大學生的聊天內容，只能一直想著游健動的事情。對以前關心的事沒了興趣、在意的事完全改變，這樣算是長大嗎？與其說長大，「改變」是不是比較精確的詞彙？

長大，這個被社會建構得如此正面的詞，在現實生活中卻很沉痛，所有能讓你意識到自己已經長大的事，幾乎都是痛苦的事。

累積了很多故事，有很多故事可以對人傾吐，而這些故事又能作爲某種借鏡、供人參考，就有了自己已經能帶領別人前進的錯覺，事實上不過是死馬當活馬醫。我啊，在很多方面，大概都沒能順利長大，所以才會在年紀徒長的過程中，日復一日地感到痛苦吧。

長大是什麼感覺呢？

問這個問題的我，顯得幼稚、不懂長大，游健動應該會感到麻煩吧，眞可惜，好不容易才遇到一個聊得來的新朋友。

新朋友。

當時的我在心裡這樣定義游健動，彷彿是爲了說服自己。

不要再受傷了，不要再受傷了。

曾經把重要的部分，坦然地交出去給對方，但現在已經不會了，也不可能再用以前的方式愛另一個人，對我來說，這就是我歪七扭八的長大。

12 我不懂的吳家維同學

「呦，回來啦。」

吳家維坐在租屋處附近的台階上抽菸，我走到他身邊坐下，一如往常。

「我今天又碰見游健動了。」我說。

「世界還眞小。」

「我跟他一起去吃了那間我們常吃的店。」

「聽說它重新裝潢後，變得很華麗。」

「也是還好而已。」我說，「你覺得，長大是什麼感覺啊？」

「會問這個問題，是因爲妳覺得我已經長大了嗎？」吳家維反問。

「嗯……好像也不是這個理由，只是想多聽聽大家的想法。」

「什麼啊，偶爾誇獎我一下，不是很好嗎？」

「讓我不要有追不上你們的感覺，不是也很好嗎？」

心裡的話不小心脫口而出，我急忙以玩笑話蓋過，但氣氛已經下降得無法挽回，我們沉默地並肩，但這個沉默和游健動的沉默不同，這個沉默，好讓人痛苦，混雜自我厭惡，想要得到安慰，卻又沒有能夠闡述的語言。

說到底，我問這個問題的初衷是什麼呢？是不是也只是想得到安慰，想要有人告訴我：沒關係，妳現在這樣也很好呢？

「如果我是成熟的人，我會告訴妳，妳現在這樣就很好了，不用跟別人比，可是我不是。」吳家維低頭，盯著自己腳上的夾腳拖。

我盯著他，等待他接下來要說的話。

好緊張，好害怕，吳家維已經好久沒有帶給我這種感覺，好像他突然變成一個陌生的人，雖然我知道，每個人都在不斷改變，我們也都只能掌握他人的一小部分，偶爾就是會有一個他人心中的陌生角落浮現，但我還是非常焦慮。

如果連吳家維都不在了，如果再也不能和吳家維並肩聊天，聊一些今天發生的瑣事，那我該怎麼辦才好？不想要被最親近的人嚴厲地指責，一旦被指責，就覺得自己無法用同樣的方式和對方相處，這還眞是我不成熟的劣根性啊。

「因爲在成熟的人之前，我是妳的朋友，我也比較喜歡當妳的朋友，而不是妳的諮商師或是證嚴法師。」

「……什麼證嚴法師？」

「總、總之，我是和妳一起前進的朋友，還是一起生活的室友，那種開導妳、安慰妳之類高高在上的角色，我是做不來的啦。所以我只想說，不管怎麼樣，我們都可以像現在這樣坐在一起，不會被身分、收入，或其他無聊的事情改變，所以妳不用想太多。」

「哇，能說出這種話的你，其實也長大很多耶。」

我用手肘推了他一下，換來一句斥責，但我們都變得很愉快。

「不過，與其說是長大，我更覺得妳啊，復原期有點太久了，可能錯過很多事了喔，這方面還是努力一點吧。」

吳家維言不及義地，以他的方式支持我往前走。

「不過，不努力也沒關係啦，不談戀愛也可以過得很好，只是，一直武裝、一直防禦，也會累的，人總是需要安慰。」似乎是擔心給我太多壓力，他急忙補充。

「我還有你跟劉優啊。」我打算以玩笑，迂迴地繞過這個話題，即使吳家維的建言，我已經好好地聽了進去。

「這個安慰和那種安慰不一樣啦，妳眞的很煩。」吳家維突然生氣。

「什麼意思？」

「妳不是問我長大是什麼感覺嗎？」

「我是有問這個問題沒錯，但這跟你剛剛說的話，有什麼關係嗎？」

「長大的感覺，除了能掌控的事情越來越少之外，還有，會知道即使世界已經這麼小了，但是永遠還是會有人比我好，我想要的，永遠會有人比我更適合得到，這樣妳瞭解嗎？」

吳家維的這番話，當時的我並沒有馬上瞭解，只是自以爲瞭解了。

13 我熟悉的吳家維同學

「你叫什麼名字？」

「吳家維。」

「有綽號嗎？」

「沒有。」

我們一群人坐在農場草原上，當時大一的我和吳家維，被分到迎新營隊的同一組別。我們尷尬地在草地上圍成圈圈，做一開始的自我介紹。

吳家維的名牌上簡單寫了「家維」二字，系上同學倒是沒出現什麼刻意爲之的綽號，不是本名就是英文名，吳家維的名牌在其中並不突出，突出的只有他話少、不喜多言的態度，這讓我對他很有好感，我向來不習慣和太喜歡聊自己的人相處。

在這種營隊中，大家通常還沒脫離高中的交友習慣，男生女生分成三三兩兩的子團體，但我總和吳家維走到一塊，一起走在隊伍的最後面，和壓隊的隊輔有一搭沒一搭地聊天。

「你們爲什麼會想念傳播學院？」隊輔問。

「我想拍電影。」吳家維難得搶先回答。

他沒有回頭面向隊輔，反而是直直地望著我的眼睛，說出這句宣言，像在質問我：那妳呢？

「我想當編劇。」我說。

「看來我們有很多話可以聊。」同樣想拍電影的隊輔這樣說。

後來我們三個幾乎快要脫隊，自顧自地聊天。走到關卡時，隊輔才敬業地跑到隊伍前，用浮誇的動作與語言，炒熱整個小隊的氣氛，鼓勵我們喊出「關主眞美」、「關主好帥」之類的話。

「被我發現了，妳也只有打開嘴巴，沒有發出聲音。」吳家維笑我跟他一樣不合群。

「我只是聲音比較小而已，完全比不上你。」

「還好有遇到妳，不然這個活動，對我來說實在太無聊了。」

「也還好吧，會來參加，不就表示我們害怕寂寞，或是期待在這裡認識有趣的人嗎？如同大家對大學的期待。」

「也是，眞可惜，我們這兩個有趣的人，在隊伍後面搞小團體，別人都認識不到我們了。」

「你太驕傲了，你只是因爲還不認識其他人，才自覺有趣而已。」我笑說。

我們仍然走在隊伍後面，討論喜歡的導演、看過的書，隊輔好像累了，只是默默地聽著。

「學長。」吳家維想起，我們正在聊的電影，隊輔學長好像剛剛也有提起過，於是轉過頭想問他的想法。

「不用叫我學長，可以叫我的名字，李敏澤。」學長說。

當時的我，覺得他眞是一個親切的人，還不知道，他會成爲影響我一輩子的前男友。

14 我依賴的吳家維同學

原來學長是那樣的人，原來李敏澤是那樣的人，這都是一開始看不出來的，至少在我和他交往的兩年中，前一年都沒有顯著的證據，來證明這個人確實會剝奪我的所有，剝奪我的一切自尊。

營隊第二天，是俗稱「水大地」的活動，闖關關卡會出現水槍、水盆等道具，簡單來說就是讓同學們有玩水的機會。

和新認識、有共同興趣的朋友，一起重拾童年互相潑水的純眞，聽起來是個很棒的體驗，我也遵照學長姊的指示，帶了替換的衣物。本來以爲今天會比昨天還要有趣，沒想到，我卻貧血了。

「喂，妳沒事吧？」吳家維問我，「妳的臉色從早上就不太好。」

我們走在正午的太陽下，正要前往下一個關卡。

「嗯，應該沒問題吧，我常常會這樣，走慢一點就好了。」

吳家維多打量了我幾眼，才不放心地繼續邁步向前。我注意到，他非常配合我的腳步，並隨時留意我還走不走得動。

我們走在草原中的泥地路，青綠色的草地，被太陽曬得閃閃發光，遠處還能看見農場放牧的牛，吳家維順著我的視線，向遠處凝視，好像也和我一樣感動，或許我們眞的很適合一起創作也說不定，當時的我已經開始構思劇本，期待能在某堂我們約好要同組的課，拍點厲害的東西。

正當我還在思緒中漫遊，李敏澤就要我們排出小隊形，好好地向關主打招呼。這是一個黑白猜輸了就要被潑水的關卡，除了吳家維以外的其他同學，好像都躍躍欲試。

「那我們要派誰好呢？啊，就妳吧，潘雅竹。」李敏澤說。

我順著他的話出列，在吳家維阻止我前，就坐上關主準備的小塑膠板凳，和另一個小隊的隊員猜拳。

「剪刀、石頭、布！」

我猜輸了，剛想拿起臉盆擋水，眼前卻突地一片黑暗。

「潘雅竹！」我同時聽到吳家維和李敏澤的聲音，當然也有別人緊張地叫我的名字，卻只有他們兩人的聲音特別清晰。

「妳沒事吧？」李敏澤緩緩撐起倒在水泥地上的我，輕輕拍掉沾在我手臂上的灰塵。

「沒事，不好意思，只是貧血而已。」我緊張地解釋，感受到他的鼻息噴吐在我的臉上。

李敏澤將我的右手環過他的肩膀，準備扶我起來，我感受到他的手抓著我的腰，不太清楚自己當下的感覺，究竟是困擾、害羞，還是單純地不自在。交往後，我和他上床時，他也習慣性地抓著我的腰部，只是掐得比我貧血這一天，還要用力，還要讓我想要喊痛。他總是用力掐著我，要我大聲叫出來，有好幾次淚水都在我眼眶中打轉。不過和他做愛的疼痛，也是這一天之後的事了，在這一天，我忙著感受身體的虛弱，以及月經來之前的腸胃蠕動。

「喂，我背她回去休息吧。」吳家維說。

「可是……」身為隊輔的李敏澤，不太放心讓學弟妹落單。

「就讓他幫忙吧，營地離這裡不遠，我們還有其他關卡要跑。」另一個隊輔說，「現在趕快讓學妹回去休息比較好，或許她是中暑了。」

「你們不用顧慮我沒關係，我坐在這裡休息一下就好了，待會再去找大家。」我一邊說，一邊覺得自己快要撐不住了，腹腔又熱又燙。

「不要逞強，我們可以回營地。還是妳會介意我背妳嗎？介意的話，我可以在這裡陪妳休息。」我第一次聽見，吳家維這麼溫柔的聲音。

「那就麻煩你了。」

如果我留在原處，和關主面面相覷，也無助於緩解我身體上的不適。而且吳家維的話讓我放鬆不少，覺得可以放心地把自己交給他，接受他的協助。

李敏澤勉為其難地答應。

吳家維蹲在我面前，我光想著痛，也不怎麼覺得難為情，就這樣趴在他背上，抱上他的肩膀。在他站起來的時候，我才發現，原來吳家維這麼高。

「原來長得高的人，看到的是這種世界啊。」回營地的路上，我忍著疼痛說。

「妳還有體力說這種文藝的話啊？」吳家維問，但不是批判的語氣，反而像是鬆了一口氣。

「沒有，我肚子還是好痛。」

「等一下想先回帳篷躺著，還是先去廁所？」

「廁所……你怎麼這麼懂？」

「不懂的人才奇怪吧。」

「那等一下我上廁所的時候，你要離遠一點喔。」

「知道啦，誰想聽那種聲音啊。」

「如果你想要我爲你演奏，也不是不行啦，呵呵。」

「噁心死了！」

吳家維的背好寬闊，我趴在他身上，有一搭沒一搭地聊著無聊的話題，接收到了未曾體驗過的包容。

15 我眼前的李敏澤

「欸，你應該還記得李敏澤吧？」我問和我一起坐在路邊台階上的吳家維。

「怎麼可能忘記，直到現在還是印象深刻，畢竟妳當時……」他欲言又止。

「被他弄得那麼慘對吧。」我接著他的話說。

「是啊，要是當初我有注意到就好了。」

「誰會知道呢？他自己也沒那麼清楚地想過吧？」

我想起和吳家維拍第一支片的時候，我們特別前往李敏澤的住處，請教他的意見。那是一間位於學校後方的公寓，他和其他學長姊分租一層樓，我們走上又陡又長的老舊樓梯，樓梯過於狹窄，導致我們兩人無法並肩，吳家維走在我身後。意識到他正由下而上看著我的背影，放在他面前的就是我的大腿，這使我有點緊張，偷偷回頭看，發現他刻意在我倆之間拉開距離，讓我安心了些。

「不知道李敏澤會給什麼評語。」我說。

「應該會不錯吧，之前跟他說劇本構想時，他臉上的表情寫著：爲什麼這不是我想出來的，不過他還是有好好地跟我們討論就是了。」

那時，我們都很喜歡李敏澤這個學長，除了聊得來之外，他拍的作品在我們眼中，也是整個學院最棒的，新浪潮風格的鏡頭，佐以與鏡頭內容相諷或相合的配樂，細膩且充滿企圖心的燈光，當然還有演員讓人分不出眞假的表演，那些充滿才華的劇組人員，總能在他擔任導演的時候，展現自身最好的一面。他就是這種生來具備領袖魅力的人。

學長的住處在五樓，我和吳家維才爬到三樓，就感覺到腿部肌肉痠痛。

「要不要幫妳拿筆電啊？」吳家維問。

「不用不用。」

爲了逞強，我特別加快腳步，沒想到吳家維也跟上了。一階、兩階、三階，我們在剩下的兩層樓間追逐，甚至跑了起來。

「小心點啦！」他見我稍稍踢到了台階，緊張地說。

「沒事啦！」我回，然後率先按下李敏澤家的門鈴，剛按下去，李敏澤就打開木製內門，出現在鐵門後，和我面面相覷。

「老早就聽到你們的聲音了，有夠吵。」他笑說。

我們坐進客廳，兩張IKEA的茶几併在一起充當主桌，我和吳家維並肩坐在地板上，讓學長能坐上正對我們的沙發，然而學長不打算這樣，他也席地而坐，坐在桌子鄰近我的另一側，讓人感到沒有壓力，就好像這只是一場非常尋常的談話，而不是針對我的劇本批判大會。

我拿出電腦，李敏澤端詳了我貼在電腦上的樂團貼紙，刻意看著我的眼睛，說他也很喜歡這些樂團。

「對吧，他們真的很棒對吧？我和吳家維上次還特別蹺課，去看他們的表演。」我語氣帶著興奮。

「所以你對劇本有什麼想法嗎？」吳家維卻明顯不打算接續這個話題。

16 我總是聽著的李敏澤

「第一場戲拍台北市街頭，我是覺得比較容易流於俗濫啦，但不太確定你們想要怎麼拍，第二場戲女主角的出場設計得很好，但是接下來和朋友的對話，就顯得比較多餘……」

我一字不漏地，把李敏澤說的話打進電腦裡，不時趁著對話的縫隙間，提出自己的想法。

「這個地方的確要改，不過，要怎麼改比較好？」

我們紛紛陷入思考，一陣沉默後，接著的是漫無邊際的亂聊。從出生背景聊到最近最喜歡吃哪一間餐廳，聊到最後，都忘了一開始我們想討論的是什麼。

「你們抽菸嗎？」

李敏澤站起來，打開音響，開始播放透明雜誌的清單，我認出第一首是〈深夜明亮〉。

「抽。」吳家維說，跟著流瀉出的樂句輕聲哼著。

「咦？原來你有在抽菸？」我詫異地問吳家維。

「高中有抽過。」

「雅竹要學嗎？」李敏澤露出叛逆的笑容。

這是還會把抽菸當作反抗的年紀，回想起來多麼天眞可愛，好像只要做些老師、家長、社會大眾認爲負面的事情，就是一種對權威的反抗了，等到自己成爲別人眼中的大人、再也不能無理取鬧地批判大人後，各種價値判斷都重新洗牌，所有選擇只要不傷害別人、爲自己負責，就不太會有好壞之分。畢竟，如果不抽菸、天天早睡早起的話，人生會是這麼的漫長，誰贏誰輸不重要，誰幸福誰不快樂，也只有自己知道。

說是這樣說，但還沒抽過菸的我，才不會想這麼多，只一心一意地感受著，李敏澤逐漸為我揭露的未知世界。

「好啊，我想試試看。」我說。

「等我一下。」李敏澤走進另一個學長的房間，拿了包不同的菸出來。「這個比較淡，入門還是抽這個比較好。」

他遞給我一支CASTER 3，我永遠記得這個味道。

「我來幫妳點火，在我點的時候，妳要吸一口氣喔。」李敏澤說，在握著我拿菸的手的同時，用另一隻手為我點菸。

「啊，點著了。」我有些膽怯。

「是啊，沒事沒事，妳就用平常吸氣吐氣的方式來抽就好，妳看，就像家維那樣。」

不知不覺，吳家維已經默默地抽起菸，即使被學長點到名字，他還是自顧自地凝視遠方。我們三人站在學長家的老舊陽台，透過一面已經生鏽的鐵窗觀看世界，我感到奇怪，吳家維視線所及之處，明明是一片黑暗，什麼都沒有，為什麼他可以看那麼久？

「還好嗎？」李敏澤問我。

「可以的。」

鼻腔開始累積焦油的味道，提醒我，我正在吸入這支菸草的煙，偶爾會差點嗆出來，但都被我努力忍下，深怕在學長面前丟臉，擔心在吳家維眼中的我不夠酷，出於種種膚淺、不重要，但對當時的我來說具有絕對影響力的理由，我抽完了這支菸。理性上告訴自己，妳不喜歡、妳不需要，但感性上，又會禁不起衝動，心想，能夠用這種方式傷害自己的身體，眞好，好像有一種自由。

「再來要不要繼續抽，就是妳自己的決定了。」吳家維從一片虛無中移回視線，對我說。

「我知道啦。」

後來的我，決定抽菸，在那晚的隔天，就去便利商店買了第一包自己的菸。記得我在買菸前，還猶豫不決地在店內繞了好幾圈，想著是不是就這樣作罷，卻碰巧收到李敏澤傳來的照片，他拍了昨天那包菸的包裝給我，甚至告訴我，那包菸在超商的代碼是幾號。

那是一則決定性的訊息，我與過去的自己產生斷裂，開始邁向另一個更加自由卻也更加不自由的自我。當我不以過去的認知爲基準，當我開始想嘗試新的事物，當我開始能夠憑自己的意志來定義自己，當關於我的所有描述，都是不穩定的，當我是那樣的我的時候，我選擇相信李敏澤，相信跟著他，我會更喜歡這個我。

於是我開始抽菸，並一步一步地，與李敏澤戀愛。

他喜歡的〈深夜明亮〉是那樣唱的：

一開始總是想逃避　一開始總會想放棄
我不在乎　我會看見更美的風景

〈深夜明亮〉詞：洪申豪　曲：唐世杰

17 我開始聽著的游健動

一聊到李敏澤，我眼前的小馬尾吳家維，就反射性地皺起眉頭。

「不過，如果沒有他的話，我們現在也不會坐在這裡一起抽菸吧。」我試圖緩解過於緊繃的氛圍。

「如果沒有他的話，我們還是會像現在這樣坐在一起聊天的，我覺得。」吳家維肯定地說。

對了，當時吳家維注意到我和李敏澤的關係不對勁後，就一直要我趕快分手，他一直試著爲我除去懦弱的不安全感，是他反覆告訴我，離開李敏澤沒什麼大不了，我自己一個人也能過得很好。而還在情緒上頭的我，卻對他說了很多過分的話。

「對不起啊，那個時候，對你說了很多很壞的話。」

「不用在意，我一點也沒放在心上。」

我想吳家維應該是扎扎實實地放在心上了，所以我們才會是現在的關係，坐在一起聊天，聊今天發生了什麼、聊未來想做什麼，但是，我們的關係僅止於聊天，我們的關係容不下任何逾越的可能，更別說是牽手或者擁抱。

我們沉悶地滑著各自的手機，等我把手上這根菸抽完。

我們明明能更試著化解心結，明明能好好地說開，我也明明能更加坦率地對他說謝謝，明明就能告訴他：那時候眞的還好有你在，那時候的我眞的很需要你，現在我逃出來了都是你的功勞，但我卻說不出口，只能日復一日地，和他聊著差不多的事情。

突然，游健勳的訊息跳了出來。

「我想了一下，剛剛妳在公車站問的問題，我應該有答案了。」

我不敢點開對話視窗，只敢停留在Messenger 的入口介面，看他的欄位閃現刪節號，等他傳來下一條訊息。

「在談戀愛啊？」吳家維假裝不經意地問，語氣卻有些生硬，好像在開口的前一秒，還在猶豫要用什麼措詞，最後決定使用他常用的吊兒郎當口吻。

「應該，還不是吧。」

我無法分心去和吳家維交談，只覺得，好久沒有一個陌生人像游健動這樣，願意回應我亂無章法的思考，願意回應我看似隨意的問題，我知道這問題看似隨意，但其實是我壓在心底很久的困惑與質問，因爲太過沉重，便只能用輕佻的方式說出口。

「我覺得，長大就是意識到自己必須放棄某些東西，即使那東西對妳來說很重要，千萬不可以錯過。通過放棄，妳逐漸篩選出眞正不可以放棄的，而那個東西，就是妳的本質，就是妳自我的核心。意識到自己是重重選擇下的產物，並對現在的自己抱有自信，這就是長大了吧。至少在我眼中，是這樣的。」

我認眞讀著這一長串訊息，讀完後也拿給吳家維看。

「健太郎同學很文青呢。」他說。

「他是游健動，很學者的思考，對吧？我該怎麼回比較好呢？如果我只回一個貼圖，好像太沒有誠意，可是這麼完整的想法，我一時也不知道要怎麼回覆。」

「他不是說，必須放棄某些東西，才能找到自己的核心嗎？妳就先把這些複雜又愛面子的考慮，統統丟掉吧。」吳家維說。

「這樣子啊，讓人很沒安全感呢。」

「那是因爲妳一直假裝不知道，妳其實很棒。」

我笑著推了推他的肩膀，問他今天怎麼這麼感人。

「潘雅竹，我眞的不介意妳當時對我說過什麼話，我知道妳眞的不是那樣想，我也覺得，妳已經是全世界最了解我、對我最好的人了，所以……」

「所以什麼？」

「也沒什麼。」

煩死人了，趕快回訊息啦，戀愛中的少女。吳家維最後只說了這些。

春天的晚上變得熱鬧，四處都是蟋蟀的聲音，抽完菸後，我們終於聞到鄰居陽台傳來杜鵑花的味道。其實我根本分辨不出來，只是吳家維莫名地堅持，那味道來自正在盛開的杜鵑花。

18 我想傾聽的劉優同學

「我現在唯一能說的話，只剩下『好累』，只有這樣而已，其他的話都不想說了。」劉優面向便利商店的飲料冰櫃，背對著我們，好像在對眼前的啤酒們說話。

正打算爬樓梯回家的我和吳家維，收到劉優傳進LINE群組的訊息，她問我們今晚要不要喝酒。雖然劉優常常邀請我們喝酒，但還是第一次選在平日晚上，而且還是晚上十點。意識到她應該是發生了什麼事，即使吳家維明早有攝影工作，我們還是馬上答應，趕緊走到家附近的便利商店與她會合。

「好像日劇喔。」吳家維看著這副景象，這般感嘆。

「我也覺得，這會是第一集的第一場戲，用來交代角色關係，不然就是第六集廣告後的第一顆鏡頭，接續著前面演過的衝突場面。」我也認真地配合。

「我真的好像日劇裡的角色。」劉優在轉身的同時，拿了兩罐六百毫升的台灣啤酒。

「請、請用籃子。」我假裝惶恐地遞上購物籃，吳家維則忙著放更多酒到籃子裡。

「喂喂，水果酒不用這麼多啦，我今天想要喝醉，啊等等，這個可爾必思的雞尾酒，還是再多拿個四罐好了。」劉優放入了更多更多的酒，多到一看就知道不可能喝得完。

劉優今天穿著米色襯衫，搭配一件酒紅色長裙，臉頰兩側貼著髮絲，看得出來，這些髮絲是從早上綁起的幹練馬尾中脫隊。她穿著高跟鞋的腳早已磨出一片紅色，看了都覺得痛。

「要不要吃點什麼？」吳家維問。

雖然劉優說她正在減肥，但我和吳家維還是隨手抓了幾包洋芋片，並拿了幾包下酒菜麻煩店員微波。微波的時候，店員一直偷覷正心不在焉滑IG看小動物圖片的劉優，我們早就習慣旁人的這種目光。從很久以前開始，劉優就是我們系上最受歡迎的一個，她不是社會大眾認定的標準美女，她是直接用自己的臉，重新定義了美的標準。

這樣的美人，更被期待、更被先入為主地認定她必定會成功，她精準的說話方式，也常常讓與她合作的人立刻卸下心防。意識到她的外在表現，能夠帶來多大的效果後，劉優必須處理更大的壓力，那就是如何不讓這些期待她的人失望。

我和劉優，也是因爲吳家維才成爲朋友。

大一時，我和吳家維打算合作拍攝我們的第一支片，那天和李敏澤討論並確認完劇本的雛形，李敏澤建議我們趕快找個製片。

我和吳家維面面相覷，想不到身邊有誰適合，不是不信任別人，而是我們除了彼此之外，並沒有其他合拍的朋友，我們在系上就是所謂的邊緣人。

我們兩人一邊迷惘，一邊緩緩地爬坡，再一邊痛罵把宿舍蓋在山坡上的學校，並檢討彼此爲什麼會這麼難相處。

「我覺得是因爲跟妳聊天太開心了，每次都想早點跟妳見面。」

「我也是這樣覺得，除了你之外，我也有認識其他人，但是他們講的話題，我都比較不感興趣。」

「也是因爲，妳常常都跟李敏澤那些學長姊混吧！」吳家維惱怒地說。

我當時不懂他爲何突然生氣，不明白自己是多說了什麼，還是少說了什麼。

我們一路鬥嘴，一路檢討我們社交能力的匱乏，在山上逗留的流浪狗們，都好奇地往我們這邊望。

「啊，不然，我去問問那個在必修課上，都會舉手回答問題的女生好了。」吳家維說。

至於爲什麼會想到要找劉優，吳家維堅稱他沒有別的想法，只是單純地認爲她一定很能幹而已，過了幾年他才補充，是因爲劉優下課時和別人聊天的樣子，總是有點寂寞。

19 我想親近的劉優同學

多想將一切做得完美
讓你看得見
但是怎麼樣我搞砸了
是怎麼樣我收不回

〈多想將一切做得完美〉詞／曲：法蘭

第一次和劉優對話時，我想起這首歌。

她像一隻努力把自己膨脹起來的小動物，每一次的強勢語言、每一個讓人感到帶有些許攻擊性的姿勢，都好像在告訴與她對話的人「請相信我」。和她相處好幾年後，我才知道，她心底在說的從來不是「請相信我」，而是吶喊著「請你愛這樣子的我，如果不夠好，我會改」。

吳家維領著她，坐進圖書館中庭的座位，我們坐在一群熱烈討論著的大學生中，準備成為同樣熱烈討論的大學生。

「哈囉，我是潘雅竹。」

「嗨，我是劉優。」

「很像筆名的名字吧？超厲害的，而且妳長得好像法蘭黛樂團的主唱。」吳家維說。

「不好意思，很突然地找妳當製片，妳讀過我們的劇本了嗎？」我瞪了吳家維一眼，要他不要這麼口無遮攔。

劉優快速地列出所需場地的總數量，以及各個場地的商借可能性，甚至做了一張雲端表格，表格內夾帶她覺得或許也會合適的場地照片。

「太厲害了吧？」吳家維驚呼。

我仔細看過筆電螢幕上的表格，再看向劉優半掩在筆電後的臉。

劉優雖然一臉自信地遞交出得意之作，但好像仍懷著巨大的不安全感。當我提出幾個對場地的想法，並討論其他可能時，她都很緊張，似乎是認為，只要這張表格還有可以修正的地方，就代表她做得不夠好。於是我僅能將她當作受過傷的小動物，思考自己要怎麼說、如何動作，才不會讓她受到驚嚇，即使這些微小細節和心理需求，她都自以爲掩飾得很好。

「先別說這個了，妳喜歡我們的劇本嗎？」我示意她先把筆電蓋起來，努力向她傳達，在正式討論之前，幾乎還是陌生人的我們，可以先透過閒聊了解一下彼此。

劉優闔上筆電的瞬間，顯得不知所措。或許她和我與吳家維，並沒有那麼多的不同，我們以不同的方式，掩飾我們面對他人時的手足無措。

吳家維習慣說些輕浮的笑話、假裝他完全不在意某些事情，我則是假裝自己安於疏離、不期待接近別人；而劉優，或許是太習慣被別人依賴，才會成爲現在的模樣吧，如同一隻驚慌卻選擇開屏的孔雀，虛張聲勢地掩蓋不安，不想要展現自己眞正的感受。

「我很喜歡你們想講的故事，很期待和你們一起做事。我也很想把這個劇本拍出來，但是我沒有製片的經驗，可能會有很多不懂的地方，或許還有比我更適合的人選……」沉默了幾秒鐘，她終於開口。

而我也在她終於開口的這一刻，感受到自己直至此刻，才開始認識這個人。

「沒事啦，我們兩個也只是喜歡裝模作樣，被別人誤會成很厲害的人，事實上現在還是一事無成。」吳家維說。

「是、是這樣嗎？」

「對，就是這樣，還要請妳多多指教咧。」

「其實，我也很喜歡法蘭黛樂團！來台北念書後，一直想要去看他們的現場！」劉優的聲音有著眞切的喜悅。

這就是我們三個人相識的過程，還記得那年，我們把這支片的劇組取名為「一事無成」。

20 我試著傾聽的劉優同學

大學的第一支片，光聽這敘述，就能隱約感覺到，這不會是多厲害的作品，一切都還在練習，至少對我們這些沒什麼才華的人而言，更是如此。

然而，我們卻非常拚命。

吳家維使勁發揮他想得到的導演手法，我每天都要偏執地修正劇本小細節，劉優也是，近乎瘋狂地打電話給場地方，一個一個地拜託或者哀求，哀求到在旁邊工作、不打算聽她講電話的我們，作勢搶下她的手機。

「借不到也沒關係，總會有別的辦法，雖然這件事是妳的責任，但如何在現有條件下把事情做好，是我們大家的工作呀。」我本來想順勢拍拍劉優的肩膀，但意識到她不一定喜歡，只好尷尬地將手懸在半空中。

「之前不是問到一個比較不合想像，但還算可以用的場地嗎？就用那個吧，劉優可以把時間花在其他項目上。」吳家維將他的手，墊到我懸空的手底下，「劉優妳也把手放上來，我們『一事無成』劇組，就快要開拍了。」

「嘿嘿，我們一事無成。」我興奮地在掌心施力，吳家維順著我的力道，喊了兩聲加油加油，劉優雖然沒有說話，但也將手放上我的手背，跟著我們玩這幕日本青春校園名場面。

大一的劉優，還留著一頭俐落短髮，神韻眞的頗像法蘭黛樂團的主唱法蘭，也難怪吳家維和我，一看到她就倍感親切。畢業後的劉優，留長了頭髮，雖然眼神還是倔強，卻越來越能坦率地向我們撒嬌，即使不會再一起拍片，我們還是很好的朋友。

偶爾會想到，當年幼稚的「一事無成」核心三人組中，只有我是眞的一事無成，連大學都還沒畢業；我們見證了彼此的青春，還不確定能否見證完彼此的人生，尤其是我，進度落後的我，一切都還那麼不確定，明明在以前，我都是推動他們前進的那一個。

拍大學第一支片時，李敏澤也有來幫忙，其他同學都因爲求不到他協助，而羨慕不已。劇組每個人都身兼數職，我也負責收音，不是第一次舉boom桿，但是第一次舉這麼久，正沉迷於台灣新浪潮的吳家維，每一顆鏡頭都得錄好長一段時間，我也只能拚命忍耐。

「會不會累？」暫時休息時，李敏澤悄聲問我。

「不會。」我垂著兩隻手，吸了一口他遞過來的菸。

啊，間接接吻了。想必在時間和心力都不夠用的拍片現場，只有我在想這種沒營養的少女心事吧。

「這個是不是很重啊？」劉優指著放在我身旁的boom桿問。

李敏澤一被其他人叫走，她就湊過來替我按摩肩膀。

「其實還好，妳要拿拿看嗎？」我遞給她。

「就算不重，長時間舉著也是很累呢。」她象徵性地體驗了一下如何舉boom，又馬上把桿子還我，我猜想她是擔心碰壞了器材。

「妳可以對著這坨兔毛講話喔，裡面有麥克風，就算很小聲，我還是能聽見。」

我戴上監聽收音的耳機。

「這樣能聽見嗎？」劉優小聲地說。

我點點頭。

「我也覺得好累，我好累喔，總是好累。」她用更細微的聲音說著。前幾場戲都需要積極地和來車或路人溝通，拜託他們等我們拍完之後再通行，或是拜託他們在收音時不要發出這麼大的聲音，劉優一下子向停在一旁的轎車鞠躬道歉，一下子拜託附近居民不要在鏡頭所及之處圍觀，即便她始終維持親切開朗的語氣，但誰都知道，她正在執行非常辛苦的任務，劇組的每個人都是如此。

「我知道，也聽到了。眞的是辛苦妳了，非常謝謝妳。」我拿下耳機，握握劉優的手，她也用力地回握。

「哇，還是說出口了。」鬆手後，她笑著說。

「說什麼都可以呀，不好意思說的那些話，現在說出來都能被聽到喔。」

放心吧，劉優，以後妳說的每一句話、沒說出口的每一句話，我都會努力聽見的，我在心裡這樣想著。

才剛坐下來沒多久，劉優就不得不起身去張羅劇組的晚餐，我刻意開朗地揮手送她離開，希望能藉任何我做得出來的手勢，表達對她的支持。

「唉呀，結果還沒能重拍一次傍晚的戲，天就完全黑了。」幾分鐘後，李敏澤走回我身旁。

「是啊，也就只能用剛剛keep的了，還好有拍到能用的東西。」

「你們做得不錯啊，已經算很好了，看不出來是第一支作品，非常有模有樣。」

李敏澤拿出他常抽的紅色Marlboro，我也不客氣地接下他遞給我的菸。

「我可以摸妳的頭嗎？」李敏澤問。

「什麼意思？」

「就是……摸摸妳的頭，告訴妳妳做得很好。」

「呃……可以呀。」

我們坐在拍片用的木箱上，他身上的連帽外套，或許是前幾天剛洗過，傳來強烈的洗衣精味道，我永遠都忘不了，因爲我用的也是同一牌洗衣精。他認眞地盯著我的臉，先是大拇指撫過我的額頭，再來是厚實的手掌，他輕柔地拍拍我的頭頂。

「妳做得很好。」

語畢，他狡詐地將手往下滑過，擦過我的臉頰，還偷偷捏了一下。那隻手有些粗糙，但不會讓人討厭。討厭的是，他趁我忙著發愣的時候，逕自按下收音器材的錄音鍵，私自對著boom桿輕聲說話，最後還存了檔。

「喂！你這樣很不專業耶！」我生氣地說。

「我會告訴場記，我剛剛鬧著妳玩，讓妳多錄了一個空白檔案，但是，妳回去要好好地聽我說了什麼喔。」

拋媚眼也沒有用！對我微笑也沒有用！這個不專業的鬧事舉動，讓李敏澤在我心中的形象變得胡來而不可靠，然而我卻急著找到空檔，去聽他到底對麥克風說了什麼。

「喂，要開始了。」吳家維對我喊道。

「知道了。」我吼回去，好掩蓋我全身酥麻的感覺。

「這週六下午有空嗎？我們去約會吧。」

李敏澤在錄音檔裡說。

21 我牽著的劉優同學

「你們還記得『一事無成』劇組嗎？」在買完啤酒的路上，我問眼前已是社會新鮮人的吳家維與劉優。

「記得啊。」吳家維說。

「怎麼可能會忘記？」劉優回。

我走在這兩個人後頭，看他們並肩走在人行道上，看他們體貼地頻頻回頭、找我說話，我內心湧起一股衝動，想向所有能祈求的對象祈禱，拜託祂們，不要讓這兩個人消失，拜託祂們，讓我們永遠都如此緊密。

「那也是好久以前的事情了，時間過得好快。」劉優感嘆。

劉優放慢腳步，走到我身旁，握起我的手。

「當時妳都會這樣鼓勵我呢。」她說。

「現在也還會啊。」我用力地回握。

劉優伸手向前，也牽起吳家維空著的那一隻手。

「這樣三個人牽手回家，也好像日劇喔。」她說。

「喂喂，有腳踏車要過啦。」吳家維害羞地想甩開她的手。

「不會擋到的啦，我們再牽一下嘛。」我說。

「好開心唷，每次一起回家，或是回家看到你們坐在客廳，我都特別開心，覺得自己可以休息了。」劉優說。

「那麼，減肥就是明天的事情了，今天想吃多少就吃多少吧。」我舉起手上那袋微波食品。

好舒服的晚上，路上行人看見我們這牽手三人組，也都報以微笑。

劉優沒有拿東西，盡責地牽著我和吳家維，先是吳家維讓我們認識，再來是我出於私心地維繫三人關係，現在換成劉優了，或許不管過了幾年，只要她需要我們，我們都會放下一切，出現在她的面前吧。不只是她依賴著我們，在這廣大的人海中，我感覺我僅能依賴這兩個人，也僅想依賴他們而已。

那麼，游健動呢？他也有可以依賴的人嗎？也會有人像劉優或吳家維那樣，以如此令人安心的方式，好好地傾聽他嗎？

而我願意做那個讓他依靠的人嗎？

我不知道，但或許時時刻刻想起他的我，已經愛上他了吧，會想告訴他今天我和朋友買了啤酒，會想告訴他我們是很要好的朋友，開始想和他分享很多事，卻又擔心自己說得太多。

喜歡過人、也談過戀愛的我，當然知道自己無法控制的那一塊，已經進展到什麼地步了。但我理性上還不想做出決定，理性上還不想承認，我愛上了根本不了解的游健動，我只承認，自己已經會在所有極端快樂或悲傷的時候，想起他，並且想像自己能如何與他分享，僅此而已。

眞希望游健動會覺得今天是快樂的一天呢，在教室走廊巧遇、一起吃了簡單的晚飯、聊了某個奇怪又深奧的話題，還看見我俗氣地比了個讚。要是下禮拜眞的能再一起吃飯，那就好了，我會累積越來越多的話題，挑選幾個非講不可的，在見面的前一天晚上，練習如何向他訴說。

22　我抱著的劉優與吳家維同學

「潘雅竹，妳在想什麼啊？」吳家維轉過頭看我。

「我在想，我又忘記帶鑰匙了。」我說。其實鑰匙好端端地躺在我的口袋，我只是不想再談游健動。

「我來開門吧。」沒有提東西的劉優，放開我們兩人的手，從她背在肩上的提包取出鑰匙。

就這樣，桌上擺滿啤酒、熟食和洋芋片。客廳的桌子，是吳家維之前拍片當美術時，自己釘出來的。這裡本來有一張李敏澤送給吳家維的木製長桌，當時我們還徒手把桌子搬上公車，將桌子從木柵運到古亭，好險當時是平日下午，並沒有造成司機和乘客太多困擾，司機也只是笑笑地問我們是不是要搬家。

我們四人靠在公車逃生門上，用身體壓著側躺九十度的桌子，就好像被「〖」符號框起來的四人組；我和李敏澤緊貼在「〖」的邊緣，當時的我們已經交往了好一陣子。沒想到過幾年，我又會在同一班公車上，遇見游健動，總有種被命運捉弄的感覺。

和李敏澤撇清關係後，我借住進吳家維和劉優的家，睡在劉優的房間裡。當吳家維騎機車載我到古亭，再次背著沒有力氣的我上樓時，一打開門，就看到那張來自李敏澤的長桌，我們都呆愣在門口，不知所措。

「我跟清潔隊約好了，連幫手都幫你找好了，吳家維，你等一下就把這張桌子搬到巷口丟掉吧，十分鐘後Randy就會過來幫忙。」劉優頭上綁著浴巾，穿著寬鬆T恤和高中的運動褲，卻看起來非常帥氣。

「幹，妳眞的很屌。」吳家維將我安放在破損的沙發上，要我休息一下，也要劉優好好地照看我。

吳家維走進他的房間，拿了一袋筆出來，再從裡面抽出一支很粗的奇異筆，用力地在已經空無一物的玻璃桌面上寫字。

幹你娘死渣男李敏澤

吳家維寫了這麼一行字。

「不要寫這種攻擊女人的髒話！」劉優罵，但也拿起另一支奇異筆。

恐怖情人都沒有好下場

劉優用她漂亮到能經營IG手寫字帳號的字體，寫下凶狠的詛咒。

吳家維則是把「娘」字塗掉，讓那句話變成「幹你死渣男李敏澤」。

而我不合時宜地笑了出來。

「喂，妳也不要鬧著啊，也來寫吧。」劉優遞筆給我。

李敏澤，這次眞的要說再見了

我將這句話寫在吳家維那行字下面。

不想復仇，也沒有憎恨的力氣和想法，因爲曾經那麼愛這一個人，我能做的，只是誠心地期望，李敏澤往後能過得幸福，並且，再也不要出現在我的面前。

「妳想要我抱抱妳嗎？」劉優丟下筆，坐到我身旁。

和李敏澤長期有肢體衝突的我，當時還心有餘悸，好一陣子都害怕碰觸到別人的身體，然而劉優輕柔地試著握起我的手，即使她看起來也很沒把握，不知道這樣能不能幫助到我。

「好。」我縮著身體，讓劉優緩緩地抱住我，用她的身體將我包裹。

「欸……呃……那個……我也可以嗎？」吳家維塗鴉塗得意猶未盡，猛一抬頭才發現我們兩人正在上演日劇般的感人場面。

「可以、可以啦！」我笑出聲，眼淚卻也不停地掉下來。

好像回到安全的地方了，終於可以卸下儲存太多的眼淚了，我被他們兩人抱著，邊笑邊哭，持續了好久，而他們只是輕聲笑著，不再多說什麼。

23 我傾聽的劉優同學

「來，啊——」我餵有些微醺的劉優吃花枝丸。

「發生什麼事了？」吳家維喝下一大口啤酒，接著問。

「我剛剛差點就和主管接吻了。」劉優兩手托著臉，拆開馬尾、披散在肩上的大波浪長髮，讓她整個人看上去像是小了五、六歲，說這話時的神情宛如慌張的少女。

「等一下，是、是性騷擾嗎？他有對妳說什麼過分的話嗎？怎麼了？還好嗎？」我緊張地問。

「我一直都覺得他很不錯，但也知道，跟同事尤其是主管，有情感牽扯很不好……可是我已經喜歡上他了。」

「可是，主管這樣很不好吧？他不知道你們之間的關係權力不對等嗎？他對妳是怎麼想的？啊，等一下，差點就接吻是什麼意思？」吳家維也同樣緊張。

「嗯嗯，我相信妳是眞的喜歡他，很不湊巧地煞到他，那他呢？」

「他說，他也很喜歡我，但是我們沒辦法交往，我是他的下屬啊，這樣會有很多問題。」

「所以……」看著劉優的心情又變得消沉，我趕緊再塞一顆花枝丸到她嘴裡。

「就算交往，也要等到他換部門、跳槽，或是我離職，才能公開，這個結論是我下的。雖然很鬱悶、很擔心自己最後會孤孤單單，但我覺得這樣比較好，目前工作對我來說才是最重要的。」

劉優一邊咀嚼花枝丸，一邊掩著嘴說，她說得輕巧，但如果她能釋懷，就不用在今晚找我們喝酒了吧。

「靠北喔，你們公司人這麼少，他換部門是能換到多遠，而且這份工作是妳期待很久的吧？也才剛進去不到半年，妳也不想走吧？」吳家維說。

「嗯，我不想辭職，絕對不會辭職，先乾杯再說！」劉優拿起已經快空了的酒罐，強制我們加入她激勵自己的流程。

愛情與工作，劉優絕對會選擇工作，我和吳家維都心知肚明。過去她也曾曖昧過好幾個男孩子，最後都因爲不想花時間約會而告吹，不管多麼聊得來、對方條件多好，只要他會影響劉優工作，她就會直接拒絕往來。對她來說，曖昧就像是度假的一種，只有工作淡季才有心情體驗，而正式展開一段關係，則根本就是要她進入半退休狀態才有可能了吧。

現在的劉優，就像是個自己決定暑假要去補習，但又感到惋惜的小學生，痛苦、幼稚，又可愛得讓人心疼。

「等半年啊。」我說。

「什麼意思?」吳家維皺眉，表示我好像說錯話了。

「第一次聽到劉優承認她喜歡上一個人，對方一定是個很好的人吧?劉優本來的計畫，不就是先在這間公司磨練一年，再換到大公司嗎?再過幾個月就能達成她原本的目標啦，屆時離職後，她和對方也不再是上司和下屬的關係了。」

「是這樣沒錯，不過，就再看看吧。」劉優說，「總覺得出社會後，最重要的就是用理性主導所有選擇，這是我最擅長的，所以，沒問題的。」

我們又繼續沙盤推演了各種可能性，我接連餵了她雞翅、溏心蛋和微波過的滷味，劉優早就在心底做好決定，這我是知道的，但她還是需要一個說話的地方，總要有愛她的人，在這種失落的時刻接住她。

凌晨一點、凌晨兩點、凌晨三點，聊到後來，我們都在談些不怎麼重要、馬上就會忘記的話題，但那又有什麼關係呢?陪伴對方、等對方原本洶湧的情緒漸漸退潮，這才是最重要的。

劉優說，她是第一次對另一個人有這種感覺，某方面來說，她對主管的情感，確實可能混雜了崇拜，但她最喜歡的，還是加班完，和他一起走到捷運站的時候，談到他的大學生活、聊聊他最近看了哪些電影。

「那瞬間，他會從名爲主管的盔甲中解放，變成和我們差不多的年輕人，就好像一個剛認識的大學學長，一個活生生、有故事的人，而不是日常生活中的NPC。聊越多，就越能理解，遇到什麼事情時，他會做出什麼評論，這種渴望認識他、想要變得更加了解他的感覺，我是第一次有呢……」

怎麼會覺得有點可惜呢？劉優看著桌上的微波食品包裝袋，微笑地問道。

「沒事的，妳會做出最好的選擇。」我任劉優靠上我的身體，同時也伸手摟摟她，「不管妳想說多少很難說出口的話，我們都會聽的唷。」

「啊，她竟然一秒睡著了。」吳家維疲倦地趴在桌上。

我們兩人盡量動作輕巧地將劉優扶上沙發躺下，淺眠的她，今天意外睡得很熟。

我走進她房間，找出她慣用的卸妝水幫她卸妝，吳家維在一旁打瞌睡。劉優的完美妝容底下，也是一張完美的臉，多希望她不再那麼追求十全十美，多希望她能更在意自己的快樂一些，然而，這也不是我能評斷的，我喜歡現在的她，想陪伴每個當下的她，只要記得這點，以此爲前提爲她操心就好。

「妳好像，變回大一時的潘雅竹了。」吳家維迷迷糊糊地說。

此刻的我不想多想，只是催促他趕快去洗澡睡覺，不到三個小時後，他就該出發前去拍片現場。

替劉優蓋上被子，確定她這樣睡著不會著涼後，我一個人走到巷口坐在階梯上抽菸。

喜歡一個人的感覺，眞的是很棒又很疼痛，會讓人無法爲自己做出決定，會失去原本冷靜的判斷力，也會爲了讓對方多看自己一眼，而使出各種愚蠢又可笑的心計。可惜我們並非活在漫畫和電影裡，喜歡一個人到最後，大部分的結局，都不是絕對的快樂，但也不是絕對的悲傷，悲喜參半，時而後悔、時而健忘，這就是我們所擁有的，唯一的現實。

好不想錯過這個人，走在路上好想靠他近一點，爲了他，我開始看一些過去瞧不起的戀愛專欄，爲了他，我變成一個不在意自尊的人——這種轟轟烈烈的情感，出現在現實中，也不過是普通的戀愛。

要不是狀況這麼棘手，我眞想用力地爲劉優慶祝，她終於找到一個讓她有冒險衝動的人了。

在上一次與李敏澤的冒險中，我弄丟了原有的裝備，我的自信、我自以爲擁有的才華、我的自我價値，紛紛被他擊落。

「如果是健太郎同學的話，絕對不會發生這種事，健太郎同學會對我溫柔，健太郎同學會保護我，但不會看輕我，健太郎同學會帶給我前所未有的生活，健太郎同學會重新教會我，戀愛是多麼美好的事情，我過去經歷的都不是眞正的戀愛。」

我像劉優一樣，反覆對自己說：沒事的、沒事的。而「健太郎同學」就是我的咒語，支撐著我活下去，讓我期待有個人正在未來等我，爲了他，我要努力成爲更棒的我，或至少變回被傷害之前的我。

健太郎同學，我眞的可以嗎？

我眞的可以再喜歡上另一個人嗎？

我眞的有資格讓別人幸福嗎？

這個世界，有因爲我的存在而變好嗎？

我一個人坐在台階上，只聽得見自己啜泣的聲音。

24
我共舞的游健動

不小心和學弟妹討論報告討論得太晚，學校附近的公車站牌，紛紛亮起一條又一條未發車告示。

眞不該嘴硬，說自己不用提早走的，我在心底偷偷責怪自己，最近身邊發生太多事，害我對生活上的細節越來越漫不經心。

獨自走在通往捷運站的河堤邊，看了看手機螢幕，末班捷運再十五分鐘就要到站了，然而，我只想慢慢來，既然Google地圖顯示我十二分鐘就能走到，那麼我就用散步的方式走。爲了抵抗夜晚帶來的不安全感，我點起菸，確認四周無人後，點開YouTube播歌。

我很喜歡在河堤漫步的感覺，看著平常熟悉的建築物，在夜色中變得更加孤獨，有幾扇窗亮著，有幾扇窗正在吸收黑夜的顏色，不用刻意想像，就能感同身受都市的孤獨，亮著窗的人家或許孤獨，暗著窗的人家也或許孤獨，一切都被裝進規格差不多的小盒子裡，沒有誰的孤獨比較了不起。

別再說了　我們早已經　心碎的滿地
滿是傷痕　的心　卻無法停止愛你
我問了千百回　什麼才是愛　什麼才是愛
我總看不開　不明白　我們之間的存在
有太多無奈

〈愛上你〉詞／曲：李英宏

我跟著萬芳唱〈愛上你〉，想像自己還在跟人生這個鬼東西，跳一種你推、我拉，糾葛不清，又不知道現在到底是誰在主導的舞步。或者，是跟其他對象的棋逢敵手、難分難捨。

必須承認，在我自以爲面對人生，拚命追上它的舞步、試圖與它所帶來的現實競爭時，我僅是認眞注視著眼前的李敏澤，被他踩得滿是傷痕，還以爲是自己的舞技太差。

必須承認，這首歌讓我想了好幾次李敏澤。

或許他眞的是我注定要經歷的苦難，我如期經歷了，卻還沒如期康復。我還是好喜歡他叫醒我時，瞇著眼睛又有點心急的表情，我也好喜歡他騎車載我時，在我懷中的那個寬大肩膀，或許眞的天注定，我要這樣被他傷害，或許我們本來能實踐上輩子的承諾，無奈李敏澤不知收手，施予的傷害太重。

我是這麼地喜歡這個人，愛著他的時候，也遇過很多幸福的時刻。可是，那又能代表什麼、又算什麼呢？我不能、不行也不該，繼續愛那個以傷害我爲樂的人。

愛的時候，要互相傷害，也要互相示愛，重要的不是傷害也不是示愛，而是「互相」吧，理想的戀愛，應該得那樣子吧？健太郎同學，或是，游健動，他又會怎麼想呢？

我跟著體內的焦躁，小心翼翼地踏出小跳步，小心翼翼地揮舞手臂，小心翼翼地跳忍不住想跳的舞。

我想　愛上你　是天注定　是我的命
愛上你　是天注定　是我的命

身後傳來男生的聲音，他接在我之後，唱出李英宏的聲部。

「你怎麼會在這裡？」我問游健動，驚訝到忘記收斂聲音。

他將食指從口袋中抽出來、放在唇上，對我比了個「噓」的手勢。他站在路燈投下最亮的那圈光區中，穿著白色襯衫，但似乎耐不住升高的氣溫，領口前三顆鈕扣都被解開，露出裡面的灰色棉質背心，蓬鬆的捲髮也因爲流汗的緣故，被他往後方撥，成了個沾染汗水的油頭造型。

我低頭確認自己的服裝儀容，也是白色的上衣，以及灰底橘色大花紋的長裙。好像跟他成對了，這個念頭，讓我更加坐立難安，走近也不是，但站著不動也很不自然。風吹過，才注意到現在的自己應該披頭散髮，快要及肩的頭髮很難完全被髮圈綁牢。

怎麼辦才好，游健動正往我的方向走來，快要走進我頭上路燈的光區內。正在手機螢幕中播放的MV，也正值男女主角相撞、相遇的部分。

我愛愛愛愛上了你

游健動並沒有回答我的問題，只是湊過來，在離我一個手肘的距離停下，繼續唱著李英宏的聲部，並輕輕旋轉身體，揮動微微舉起的左右手，動作精確、老派到我足以辨識出，他在模仿MV裡的舞步，他也正在開一個微妙又惡作劇式的微笑。

那是命運的安排

見他一臉期待，我猶豫了下，還是接著唱起來，突然想要冒險，突然選擇接招。

我們就這樣面對面地跳舞，也很意外，究竟我們是看了多少次MV，才能讓舞步如此流暢地跟上手機流洩出的音樂。昆丁塔提諾式的共舞，我們都以右手比出勝利的手勢，讓它橫著從我們眼前滑過。

我們的距離越來越近，近到他的鼻息都能不客氣地吹動我的劉海，感覺有點攻擊性，卻也還不討厭，好像可以漸漸習慣。

因爲是玩笑式的行動，我們也不怎麼在意動作了，只是沒有章法地跟著音樂扭動，使勁地擺出記憶中最復古的舞姿。游健動還做了那個經典的手部滾輪動作，左手繞著右手一直旋轉，配上左右交替的三七步，讓我笑到無法以下個舞步回應。

歌曲接近尾聲之際，我們也停下動作，最後一句歌詞飄蕩在兩人之間，是那一句，我愛愛愛愛上了你。

25 我不敢抱著的游健動

「好像太豁出去了，我背後都出汗了呢。」游健動笑說。

「我們到底、到底在幹麼？」過了那個奇幻時刻後，我重新意識到剛剛發生什麼事。

就是說啊，到底在幹麼呢？游健勳只是這樣說。

咒語解除了，我們似乎也該當作什麼事都沒發生似的繼續往前走。只是我們根本停止不了過於亢奮的情緒，以及慢不下來的心跳。

「你怎麼會在這裡？」

「我剛停好機車要回家，遠遠看到有個人在跳舞，覺得很像妳。」

丟臉的舉動都被他看見了，我試著想找別的話題遮掩過去，思緒卻一片空白。見我愣了這麼久，游健勳並沒有繼續這個話題，卻也沒移開視線，直直地注視著我的眼睛，非常專注，以至於我能在他的瞳孔映照中，看到比想像中更好的自己。

「我們的衣服好像。」我又把頭低了下去，死盯著自己的長裙看。

「對啊，難怪我會覺得，妳今天穿這樣很好看，哈哈。」他說。

謝謝喔，我說。視線飄向一旁的川流與山線，以及更遙遠都會區的光點，遠遠的、一點一點的，就好像有一大群螢火蟲，正準備從遠處飛來。游健勳與我，看著同一片風景，都在這裡念書的我們，想必看過無數次這片景色，甚至曾在同個時刻，望向同一片遠方吧，然而，站在同一個地方看向這片景色，這還是第一次，習慣的夜景也因爲這樣變得不一樣了。

「今天的河堤，好像長得不太一樣。」他說。

「我也這樣覺得。」

我們沿著步道繼續漫步。

「對了，那妳呢？妳怎麼會在這裡。」

「我本來想走到捷運站，但看來應該趕不上末班捷運了。沒事，再走到便利商店，用ibon叫計程車就好。」我拿出手機確認時間。

我跨出下一步，游健勳卻沒有跟著走。我轉過身，擺出困惑的表情。

「不然，我載妳回去吧？妳住哪裡？」他問。

「呃……不用啦，眞的沒關係。」

「妳趕不上公車，也是因爲我的緣故吧，就讓我賠個罪吧，反正我明天不用早起，載妳到多遠的地方都可以。」

多遠的地方都可以啊？我在心裡偷偷回味這句話，游健勳肯定沒意識到自己這麼會講話。

「那如果去了那裡，就再也回不到現在的生活呢？」我開玩笑地問。

「如果在那裡的生活我更喜歡的話，那當然好。」他也玩笑般地完美回覆了。

「你怎麼這麼有趣。」

暫時無法再進一步了，今天只要到這裡就好，點到爲止，我草草地結尾，並把先前的對話、奇異的時光，都打回一場深夜玩笑。

下次一起吃飯的時候，要吃些什麼好呢？我們只能討論著諸如此類不會帶來什麼變化的話題。

我們是泡在同一缸水裡的青蛙，點火的開關在我們手上，只要按下開關，水就會變得沸騰，但此時此刻，我們都選擇繼續留在清涼的水裡。

「現在的風好舒服喔。」坐在他機車後座的我說。

「就是說啊。」他轉頭過來，好像說了這樣的話，但風聲太大，我聽不清楚。或許這個時候，他不管說什麼都無所謂了。

我雙手往後伸，牢牢抓著機車後方的扶手，抓得手都痛了，也不敢放開。

26
我暫時拒絕的健太郎同學

「到這裡就好了。」我指指捷運站出口。

「真的嗎？我可以載妳到妳家門口。」

「謝謝你，但到這裡就好了。」

我委婉地拒絕他，說實話，我還不覺得我跟他有親近到能讓他知道我家在哪裡的程度。

看著他，我想起幾年前曾在我家樓下徘徊的李敏澤，雖然當時我就想著，健太郎同學絕對不會像他這樣，但游健動畢竟不是眞的健太郎同學，我得小心，不要把所有對理想的想像，一股腦地投射到他身上。

「好吧，那我就停在這裡。」

游健動將機車停靠在馬路邊，稍稍傾斜車體，方便我下車。

「今天，謝謝你囉。」

「不用客氣，我也很開心。」

「那麼，我們就下次見。」

「嗯，下次見。」

游健動晃晃頭，示意我往上看。

圓潤、被氤氳包裹的月亮，正浮現在上空。

「很漂亮，爲什麼我們剛剛都沒有注意到？」

「是啊。」

但其實我們都知道，沒注意到月亮，是因爲太專注於彼此的緣故，就連騎車的時候，他也老是透過後照鏡，試圖與我四目交會。

游健動和我，呆站在已經關閉的捷運站出口前，只是看著，出現在巨大LED廣告牆旁邊的月亮。LED牆上是我們沒有興趣的房地產廣告，視野所及的景物，又虛幻、又現實，好像在告訴我們，即使在這個好像沒有錢就無法幸福的時代，能有個人和你一起看月亮，彌足珍貴。LED展示著不同的秀逸建案，它們各有各的浮誇名字，而月亮始終安安靜靜地掛在那裡。

「今晚的月色眞美呢。」

我看著專注於月色的他，思考他是否知道那個關於夏目漱石的民間傳說，一個對文學有熱情、又有些浪漫的年輕人，應該很難不知道吧。

「眞希望每天都能如此。」

「說得也是。」

游健動把玩著我的回應，也不打算多說什麼。

這一切都來得有點快，都來得有點奇幻。

在好多個瞬間，我都將游健動認成健太郎同學，那個活在我的想像中，總在我最需要的時候，前來拯救我的人，那個必定能夠讓我快樂地活在想像中的美好角色。

簡單說了聲再見，健太郎同學就跨上機車，朝著月亮的方向奔馳，背影越來越小、越來越小，直到完全消失爲止。月亮也移到了大樓後方，被LED螢幕掩蓋一角。

我又站了一會，才獨自散步回家。

27 我相信的李敏澤

回到家，聽到劉優在房內開線上會議，似乎正爲了即將上線的臉書粉專而手忙腳亂。

我敲敲吳家維的房門，想叫他把扔在客廳、好像下午剛從陽台收進來的衣服收好，敲了很久卻得不到回應。

吳家維今晚去了哪裡呢？我很久沒有不知道他人在哪裡了。自從大一到現在，除了和李敏澤同居的那段時間，我們一直在一起，其他朋友看到我，都會問：吳家維呢？怎麼沒和妳在一起？

這段期間，吳家維不是沒交過女朋友，然而他好像不太喜歡約會，也比較習慣自己獨處做自己的事，每次我臨時問他要不要去看什麼電影，他都馬上答應，好像沒有其他安排似的。我也沒看過他和其他女生共享晚上的看電影時間，那對他來說，應該是整理自我的重要流程吧，在外面忙碌了一整天，需要全心全意地投入自己想做的事情，或暫時把自己丟進電影裡，隔絕外面的世界。

本來想傳訊息問吳家維他在哪裡、今天會不會回來，但想想還是作罷，如果他開始能過不同的生活、開始能將時間分享給喜歡的人，那也不賴。

打開Facebook Messenger頁面，看到前幾天和游健動的聊天記錄，我們的對話還停留在「長大」話題的尾聲。

要不要傳個訊息謝謝他載我回來呢？禮貌上應該要這樣做吧，但我還是遲遲無法把訊息傳送出去。

好想再多跟他講一些話，不想再等到下次一起吃飯的時候了，如果可以，好希望明天就能跟他見面，好希望明天一醒來，就能看到他的訊息。意識到自己有這些想法，我更感到不安。

「你在幹麼？」

我傳訊息問吳家維。

「在朋友家聊天，妳回到家了嗎？」吳家維很快就回覆了。

小聊了一下，我心想反正也沒有睡意，就問吳家維，我可不可以直接把他的衣服丟回他房間，他說好，我便要他好好聊，以及我待會就要睡了。

我捧起沙發上的衣物，注意到其中一件黑色T恤，是五五身樂團的周邊，上面印有「極度浪漫」四個字。

那天好巧不巧，他就穿著這件衣服，在李敏澤家的門外瘋狂地按門鈴、敲門，要他讓我出來，他還帶了一個黑色大塑膠袋，準備用來裝我所有的家當。他身上的T恤，與當時狀況互相映照，成了有趣的對比，現在想想，他當時來找我，也是極度浪漫的一件事情。

是從什麼時候開始和李敏澤變成那樣的呢？或者該說，李敏澤是從什麼時候開始，變成我交往前從未想像過的模樣呢？

拍完大學第一支片的週末，我和李敏澤約在松菸的誠品電影院，我會先在樓上的書店閒晃，等到了約定的時間，再緩緩下樓。原先是這樣計畫的，然而當我還站在電扶梯上時，李敏澤就已經站在書櫃前，翻閱一本輕薄的書。

距離電扶梯口最近的是藝術區，雖然不意外李敏澤對這類書最感興趣，但仍意外他這麼早到，我可是預先算好了半小時逛書店的時間，於是提早出發的。

「啊？妳這麼早到啊。」李敏澤在我還來不及繞過他的時候，就發現了我。

「是啊，想先來看看書。」我看著他身上的絲質花襯衫，由身形纖細的他來穿剛剛好，當時快要進入夏天，他穿了件長度剛過膝蓋的卡其短褲。

「我也是，結果我們都這樣想。」

「你繼續讀吧，我們晚點再會合。」

「沒關係。」李敏澤闔上手中John Berger的書，「我很好奇，妳平常都看什麼書，有推薦的嗎？」

我領著他到文學區，途中經過一張擺滿漫畫、圖文書的陳列桌，熱情地推薦他幾本我看過的，或是我想看但還沒看的作品。他時而認真傾聽，時而舉起手機記下書名，我在一旁等待，感覺自己正在被信任與重視。

「妳真的看好多書喔。」他說，即使我遠遠比不上他。

「很多都是上大學後，才慢慢找來看的。」

「說是這樣說，但妳上大學也不到一年啊。」李敏澤調侃。

「是啊，所以我要努力的地方，還有很多很多。」我手指輕撫書脊，抽出一本我喜歡的作者的書，但我卻還沒能讀過。

「妳一定可以的啊，我很少對別人這樣說，但我覺得妳很特別，想做什麼，都能做到的。」李敏澤微笑，看著我說。

我相信了這一個瞬間，相信了好久、好久。

28 我勾起小指的李敏澤

和李敏澤第一部一起看的電影，是節奏輕快的《新郎嫁錯郎》，正因爲是這樣的電影，我們有機會在某個笑意綻放開來的瞬間，用眼神交換意見。

你也覺得這很有趣對吧？眞是太好了，我也這樣覺得。話說回來，眼神交流，似乎才是亙古以來的私密互動，需要一點默契才能進行的親密對談。

我一向排斥發生在電影院內的浪漫情節，總覺得，看電影就是看電影，在這種時候做自己的事情、放掉對於影片的專注，就是對創作者的不尊重。然而，在和李敏澤眼神交會後，我還是犯了錯，意外地心跳掉了幾拍，漏聽了一兩句台詞。除了這些，什麼事都沒在電影院內發生。

出電影院後，因爲是這樣如初來夏風般的電影，我們並未有太過耽溺於思考而產生的沉重感，反倒開啓了雀躍的討論。

「如果有一天，妳愛上一個妳從未想過的人，他跟妳原本的擇偶標準完全不一樣，那妳還願意和他發展嗎？」李敏澤問。

「敢吧，都愛上了啊，還能怎麼辦？」我沒什麼猶豫地回答。

「這樣子啊，眞勇敢。」

「那……你呢？」我問。

「我嘛……還沒有想好。」

李敏澤只是笑笑，要我忘了剛才的對話。

在總是和學姊們交往的他的眼中，我應該僅是個淺薄、需要照顧的對象而已吧。雖然失望、雖然很想更進一步，但比起早已嫻熟戀愛的李敏澤，此刻還什麼都不知道、渴望學到更多事情的我，更注重身爲系上學長的他。

我等待著他發表評論，仔細聆聽他對議題的看法，也悄悄地研究他如何寫論述，當然，自從他寄給我以前寫的劇本後，不論完成度高低，我每一本都反覆看了五遍以上。我想要更了解這個人，因爲這個人對那時的我來說，就是「秀逸」的代名詞，和他相像的東西，就是有一定水準以上的東西，而能夠和他對抗的作品，才是同樣厲害、甚至更了不起的心血。

「欸。」李敏澤注意到迎面而來的旅遊團時，即時出聲要提醒我，但我的即時反應卻是閃避他。

在剛剛那一瞬間，我竟然馬上就決定，要往李敏澤所在位置的反方向閃開，看來，我已經在意他，在意到害怕被他察覺心中所想的程度了。

領隊和整隊旅行團成員從我們兩人中間穿過，我和李敏澤就這樣被人潮分開。

我的臉開始發燙，對自己不夠冷靜的反應後悔不已，不敢抬頭看向應該還在一小段距離之外的李敏澤。

「喂，妳怎麼和我閃到不同邊啦？」

在聽進這句話之前，先是右手小指有被觸碰的感覺，有隻手原先想牽上我，輕輕磨擦了那麼一秒鐘就退回，小指卻還捨不得離開，微微地勾上我的指頭，成了打勾勾的手勢。

啊，原來李敏澤早在我低頭後悔的時候，就穿過人群來找我了啊。

「你怎麼這麼急？」我不敢直視他的眼睛，繼續低著頭問。

「怕弄丟妳啊。」他說。

那天，我們持續勾著小指，慢慢地在園區散步，討論些生活的事情、喜歡或討厭的事情，沒頭沒尾地聊著天。我戰戰兢兢地，努力記下他說過的每個細節，深怕自己一旦弄丟，就再也沒有機會知道。

29 我深怕弄丟的李敏澤

在大一開學的幾個月前，我剛結束一段單戀。對方是高中隔壁班的男生，高二擔任學校熱音社社長，音樂才能在當時備受肯定，光是他高一期末成果發表上的演出，就讓我無法忘記這個人的臉。

閃亮亮的他，在閃爍的燈光下彈著吉他，能彈能唱，站在舞台中央，吼著一些傷心、絕望的歌詞，卻不忘對台下的女同學微笑。台下好多人喊著他的名字，只希望讓他聽到他們的聲音，很單純地想要給予他，最爲單純的那一種鼓勵。能這樣被愛著、被支持著，眞是了不起啊，我心想，同時也記下了他的名字。

這大概是我的壞習慣吧，像小學生一樣，盲目地喜歡一些特別出眾的人，在還不了解對方的時候，就自以爲是地展開單戀了。很多少女漫畫都由此開頭，然而，和熱音社社長在臉書上認識後，我僅是體驗了一連串的幻滅。

並不是他有什麼不好，只是發現了，就算少女漫畫中的情節眞的發生，就算我眞如他口中的那樣好，我和這個人在一起也不會快樂。畢竟，我們之間是台上與台下的關係，我僅能在台下看他發光，而他很難看見待在台下的我，燈總是不會照到下面來。

「你可以回訊息喔，沒關係的。」我對著雖然與我並肩散步，卻不時查看手機的李敏澤說。

「啊，沒事，只是一些工作上的訊息。」

「這樣更該回吧？你先回呀，我們可以在這邊坐下來。」

我們找了張長椅坐下，他開始回覆訊息，我則慢慢地審視這棟具有歷史氣息的大樓。

自日本殖民台灣時期開始，這裡就是菸草工廠，隨著政權替換，換過幾個名字，二十一世紀後才被列爲古蹟，也才被規劃成文創園區。這裡充滿了被「累積」而成的細節，所有的構造，都有原因與歷史情感在其中。

「歷史情感」這個詞，說起來抽象，常常被解讀成，以現代人的眼光回望時，因想像這裡曾發生的事、曾在這裡生活的人，而產生的某種情懷；然而，第一次聽到這個用法時，我只覺得，那大概是像層層累積的岩層，或是慢慢向外擴張的年輪，是好幾代人慢慢流傳下來的情感，現代人雖然處於最表面、最外層，但我們所感覺到的東西，一定也是來自於，我們一時片刻說不出口、也看不見的，由前人所奠基下來的核心與基底吧。

而我呢，也是過去的我慢慢變成的，每一年、每一天、每一刻的我，都在留下變因，不停地重新塑造新的自我。不過我應該是比較容易定型的那種人，喜歡的類型呀、想過的生活呀、有興趣的事情等，始終差不了多少，即使會因時間而變得成熟、變得更社會化，但或許，現在的我和過去的我，想的還是差不多的事情吧。

李敏澤，就是我一直以來喜歡的類型，閃閃發光的那種類型。這一次，我終於有機會一步一步追趕，有一天要變得和他一樣強，甚至比他還要強，除了要和他一起站在台上外，也要成爲能夠被依靠的對象吧。

是的，我曾經很喜歡熱音社社長，最後卻發現，我更喜歡能夠和他一起演奏的自己。

崇拜與愛環環相扣，對我來說。

「好了，我們走吧。」李敏澤把手機放在椅子上，雙手向上伸展，伸了個懶腰。

「好！」我有朝氣地回答。

這時李敏澤的手機又震了一下，被嚇了一跳的我，馬上看向聲音來源，螢幕上跳出很多對話，應該就是剛剛和他傳訊息的工作夥伴吧。

是女孩子的名字，她說她很想他、很期待晚上他去她家看電影。

「不可以爽約喔，我要出發去借你說的片了。」

最後一則訊息如此寫著。

李敏澤馬上把手機拿回去，說那是朋友。

「嗯嗯，你先回訊息呀，沒關係。」我說。

在台上的人，會不會永遠都在台上、永遠不會在我身邊呢？

不知道，也不想現在就問出口。

起身時，李敏澤繼續拉著我的小指，再走了幾步，就牽起我的手。

這是什麼意思呢？我不敢問，怕我破壞了他與人相處的潛規則，或許他只是想表示抱歉，或許他只是想用行動證明，至少在這裡，我在他眼中還是最特別、最受重視的。

也可能，他其實是怕在這裡把我弄丟吧，我確實想過，要不要現在就走。

他一定知道，比起他，更害怕弄丟重要的人的，是我。

30 我陷入的李敏澤

我和吳家維、劉優等人合作的短片，在大一下學期的成果發表中，得到不錯的迴響。發表會辦得有模有樣，我們三個主創人員，得坐上表演廳台上的椅子，和校內外老師對談。

我穿著劉優幫我挑的白色無袖小洋裝，左邊是一身橘紅的劉優，只穿了件黑色T恤的吳家維，則坐在我的右手邊。

當老師闡述他的疑問時，劉優微微滲汗的手，輕拍我的大腿，我則一如往常地伸手握住她。和吳家維交換了下眼神，我盡力用言語表明那些我們三人都同意的想法，全身緊繃了好一會兒，才終於撐到台下提問的時間。

「好，這位同學請說。」老師示意工作人員，把麥克風交給坐在台下正中央的李敏澤。

「謝謝。」他接過麥克風，凝視著我，慢慢地開口，「我想問一個問題，這是我自己滿好奇的一點。」

台下的同學們，大多知道我們和他關係不錯，於是更加好奇，他會提出什麼問題，再說，李敏澤一向是同儕中最被看好的那個。

「他該不會要問，妳有沒有男朋友吧？」吳家維小聲地調侃我。

「閉嘴啦。」

雖然斥責了吳家維，但不可否認，如果接下來出現這麼浪漫的發展，我會非常開心，在台上直接說我願意，再跳下舞台，和他熱情地擁抱，然後告訴他，我這麼努力，都是希望能夠和他並駕齊驅。

心臟怦怦地跳著，剛才的壓力還沒緩解，新的緊張感馬上席捲而來。這時候我才發現，我是那麼地渴望且需要聽李敏澤說些愛情的話。

李敏澤拍拍麥克風，雖然嘴巴動著，聲音卻傳不過來。

「麻煩幫他換一支麥克風。」老師注意到這個狀況。

「沒關係，我嗓門很大，哈哈。」李敏澤使勁地大聲說話。

全場同學都被他的一派輕鬆逗笑，在嚴肅的師生對談後，接著發言的李敏澤淡化了緊張的氣息。

你要說什麼呢？李敏澤，雖然知道你八成會問些深入的問題，但是，你會對我多說些什麼話嗎？

好希望他能在這麼多人面前，表現對我的重視，好希望我是唯一一個，他認真看待的人。我內心湧出好多負面的想法，並難以自制地想起，前幾天一起看電影時，和他傳訊息的女生。

那天下午，他沒有問我要不要一起吃晚餐，五點一到，他就跳上機車離開，去做些我隱約能猜到的事情。

可是，如果已經有一個讓你想見到、讓你想更近一步擁抱的人，你爲什麼還要牽我的手，爲什麼還要裝出不想弄丟我的樣子呢？我眞的想不透，太過年輕生澀的我，想不透啊，李敏澤。

「我好奇的是，爲什麼你們似乎想用結尾告訴觀眾『主角確實改變了、不一樣了』，卻還是讓她在片尾重蹈覆徹，犯了一個在開頭就犯過的小錯誤——打翻咖啡，想聽你們談談這個問題，謝謝。」

工作人員從他手中收回電力透支的麥克風。

突然，台下觀眾的表情，都變得好清楚，大概是因爲我不再專注於李敏澤吧，這麼多的臉孔都望著我，讓我更加焦慮了起來。

「沒事的，就照妳跟我們說的方式，告訴觀眾吧。」劉優擔心地說。

「妳能回答嗎？不行的話，我可以幫妳說。」吳家維問。

我搖搖頭，想著身邊的這兩個朋友，整理好自己的語言，拿起麥克風回答。

「這是一個很好的問題。」我笑，並停頓了一下。

身在觀眾群中的同學與學長姊們，意會到我們三人和李敏澤的交好，也跟著笑了起來，覺得這個問題應該是李敏澤故意問的，挑釁也好，想讓更多人了解我們的劇本也好，立意都是想讓我們把作品解釋得更好。

「這關係到我們的核心命題——人到底能不能改變、那些正向的鼓勵到底有沒有用？我們眞的只要對自己說『加油』，一切就會變好、我們就會變成更好的人了嗎？」說完這段，我吞吞口水。

雖然擔心自己說得太複雜，但既然都開了這個頭，也只能硬著頭皮講完了。

「關於這個問題，我們覺得『人是可以改變自己的』，然而卻沒有辦法完完全全地控制自己，總是有些小習慣與既定的認知，甚至是老是犯的小錯，它們都會一直跟著我們，不管我們喜不喜歡。『它們』不知不覺中，會成爲『我們』的一部分。女主角在片頭打翻了咖啡，接近尾聲的時候，即使她決定要正面迎接難題，但這也改變不了，她太過心急、莽撞這個缺點，只是換了種方式展現而已，所以我們設計她在辦公桌上打翻咖啡，片尾時再在差不多的地方打翻一次，因爲這個錯已經變成她本質的一部分了。」

我一口氣說完，講到最後幾句時，幾乎快喘不過氣。

李敏澤笑笑地說：「妳回答得很清楚，我沒有問題了。」

台上的兩位老師，也表示能夠理解我們想表達的主旨，主持人前來宣布時間已到，我愣愣地被吳家維和劉優拉下舞台，讓位給下一組同學。

「妳回答得很好！」劉優在後台開心地抱抱我。

「真的嗎?我剛剛完全沒有經過思考,講了一堆胡言亂語。」我還沒回神。

「真的很好,妳散發出妳擁有的奇怪領袖氣質了,聽妳說話都覺得很有道理。」吳家維說。

「什麼啊,我本來就想說有道理的話呀。」我回嘴。

劉優身兼另一個小組的副導演,稍微聊了幾句就到別處待命,我和吳家維則決定先離開表演廳,去外面吹吹風再回來。

「呦,你們表現得很不錯啊。」

李敏澤已經在樓下抽起菸來,我們兩人也紛紛掏出自己的菸盒。

「來,我幫你們點火。」

幫我點菸時,李敏澤穩穩地握著我的手,他細長的手指輕而易舉地包裹我的手掌,指尖輕點在我的手腕。

「妳剛剛回答得很好喔。」

李敏澤拍拍我的頭,雖然我一向不喜歡別人這麼做,但今天卻因爲被他撫摸而竊喜。

「喂喂,我呢?」吳家維在一旁不滿地問。

「家維啊?家維也很棒啊,哈哈。」李敏澤也拍拍吳家維的頭。

「不是說這個啦，是火！」吳家維孩子氣地抱怨。

「知道了、知道了。」李敏澤用一樣的姿勢爲吳家維點火，這讓我感到失落。

我已經喜歡他，喜歡到想獨占他的地步了啊。我抽著菸，不專心地聽他們兩人的對話，想著之後該如何是好，我已經無可挽回地陷入。

31 我無法還手的李敏澤

在我升大二的暑假，李敏澤似乎和另一個女孩談起戀愛，常常聯絡不到他。

「雅竹，我覺得妳不要再執著於他比較好。」劉優曾一臉擔心地對我說，「和他在一起應該只會有更多煩惱。」

吳家維則是直接了當地告訴我，李敏澤很喜歡和其他男生討論性事，他的性關係也很混亂，他和我一起看電影那時，早就有另一個女朋友，不過不是約他去她家的那個。

我試著不因他們的建議而傷心，但總是做不到，即便知道他們都是爲我好，但我就是沒有辦法照他們的建議做。

每次李敏澤臨時打電話來，說要找我聊天時，我一定會排除一切萬難接他的電話。

「妳在幹麼呀？」電話另一頭的他問。

「我在看書。」

稍微交換了一下對這本書的想法，沒過多久我們又開始閒聊，我談到，最近不知道為什麼，我常常會睡不著。

「這樣啊？那怎麼辦？」

「就看看書，打發時間囉。」

「雅竹性格眞的好纖細唷，是不是感受力太豐富，才會常常睡不著？睡前看書，對妳來說，應該只會讓思緒更活躍吧。」

「說得也是，那我是不是就只能死盯著天花板看了？」

「哈哈，我會陪妳聊天，聊到妳睡著為止。」

「你怎麼這麼好？」

「只有我會對妳這麼好啊。」

當時我住在學校附近的出租套房，吳家維和劉優一個住宿舍、一個住家裡，暑假的時候，我們三個時間常常對不上，我時常一個人活動，因此特別寂寞。

「是說妳明天要打工對吧？不趕快睡著的話，會很傷腦筋。」

「嗯啊，最近上班都沒什麼精神，恍恍惚惚的，狀態很不好。」

爲了賺拍下一支片的錢，那年夏天我打了兩份工，有時快十二點才能回到家，洗完澡、準備睡覺時，總有種「今天就這樣過完了嗎？」的焦躁感，使我疲倦卻輾轉難眠，也更渴望能聽到熟悉的人的聲音。

「我可以去載妳啊，我明天下午才有事。」

聽著李敏澤的提議，想著明天一早醒來、出門就能見到他，我努力掩蓋著興奮的語調，馬上答應了。

一跨上機車，李敏澤就要求我抱著他，說這樣比較安全，我猶豫了一下，尷尬地伸出手，抱住他比想像中更爲纖細的腰部。我的臉靠上他的背脊，嗅到一股汗水混雜了洗衣精的味道，還有一股淡淡的香水味。

一天、兩天、三天，時間慢慢地過去，我已經習慣，每個要上班的早晨，下樓就能看見在機車上等我的李敏澤。

「今天早上也謝謝你，你後來工作還順利嗎？」

我傳訊息問李敏澤，想要關心他今天出班當攝影的狀況。

「很順利喔。」

李敏澤的回覆總帶有一股輕快氣息，配上他慣用的可愛貼圖，顯得更加俏皮，像小男孩一樣。

「雅竹，我今晚可以睡妳家嗎？」

他的下一則訊息，卻讓我嚇得立刻從床上坐起來，反覆揣摩他的語言，思考這句話有沒有言外之意。

「今天可能沒辦法陪妳講電話講到睡著了，因爲我太累了，哈哈。想說不如在妳家借住，明天可以一起吃早餐。」

他又加了幾句話，試圖把他想告訴我的說法，說得更詳細。

除了答應，我沒辦法做出其他回覆。

同樣的狀況又發生了好幾次，他一向只會摸摸我的臉，雖然和我躺在同一張床上，但他總是沒說到什麼話就睡著了。

看來眞的只是來陪我呢，即便想知道他是如何看待我，我還是打算再觀察個幾次，倘若我們的關係眞的能更進一步，我希望是由他開口。不然，他就會發現，我早就愛他愛得無力還手，不管他將如何傷害我。

32 我無法失望的李敏澤

升大二的暑假即將畫下句點，李敏澤仍每隔兩三天就來我家留宿。

「沒想到雅竹的房間會這麼亂呢，」李敏澤笑，「畢竟妳這麼可愛。」

「這樣、這樣算很亂嗎？」

我審視了一下自己的房間，雖然地上堆疊了幾本看到一半的書，垃圾因爲量不多而四天沒倒，椅背上也掛了幾件可能穿到的衣服，即便不是非常整齊，應該也稱不上亂啊。

「算喔，但可能房間凌亂的程度，跟房間主人可愛的程度是成正比的吧。雅竹的房間不管怎麼樣我都喜歡，可以感受到雅竹生活的氣息，很溫柔。」李敏澤說。

忘了自己是怎麼回應李敏澤的，我只記得，當時的我感受到前所未有的開心，淺嘗了被喜歡的人所愛時的興奮感。

吳家維和劉優，對我與李敏澤的關係，一言以蔽之就是不予置評，即使覺得有哪裡怪怪的，卻也找不到能挑毛病的理由，況且就算直白地挑出來了，也沒有辦法說服我。

我一個人陷在戀愛的漩渦之中，沒有人能把我拉出來，拉我的人，都被我一個一個罵了回去。

臨時改期、爽約、見面時常常忙著回別人訊息，不管怎麼樣，我都無法眞正地對李敏澤感到失望，或許這就是一種愛的形式，當時的我不知是老成還是天眞，這樣說服自己。

直到暑假結束，我們兩人的關係，在檯面上都沒有更進一步。

「我想問你一個問題。」

我身後的湖水，映照著街燈灑落的亮光，這片亮光也映照在李敏澤的眼中。

那天同樣在松菸看完電影，我們走在人潮早已散去的夜色裡，坐在園區特有的一片湖前面閒聊，那片湖早年是爲了防火而作爲蓄水池，現在功成身退，轉型成遊客印象最深刻的地標之一。

怎麼辦呢？這個問題問出口後，會不會有什麼爆發呢？

我不安地搓揉身後的護欄鋼條，搓到護欄都燙了起來。如果眞有什麼要爆發的話，發生在湖邊會不會好一點？如果我們之間，即將有什麼要燃燒殆盡的話，這片湖水的清涼，是不是能帶來一些緩解呢？

在李敏澤沒有回話的短短一、兩秒鐘，我想著一些沒有建設性的幻想，好支撐自己繼續把話說完。

「什麼問題?」李敏澤一派輕鬆地問。

「你想跟我交往嗎?」

「啊……我讓妳誤會了嗎?很對不起,我只是把雅竹當很好的朋友,跟妳聊天很開心,也很喜歡跟妳待在一起,但是,比起戀人,我覺得和妳當朋友比較長久,妳對我來說很重要。」

「是這樣嗎……」

不知道接下來如何面對李敏澤的我,轉過身面向湖,傍晚聒噪的鴨子都不見了,這裡變得太過安靜,我沒有聽不清楚李敏澤回覆的可能。

「我們就繼續維持這樣,好嗎?如果妳願意的話。」

李敏澤一手環過我的肩膀,和我凝視同一片景色。

「好啊,這樣也好。」除了這句話,我也無話可說。

那些都是假的嗎?說早上醒來看到我很開心,說我讓他很有安全感,說我跟其他人都不一樣。在李敏澤的語境中,我似乎是因爲太好了,所以才沒有資格成爲他的女朋友,但誰都知道,就連陷在漩渦中的我都知道,這個說法的可信度有多低。或許是他不夠愛我,或許是我不夠値得他喜歡,都可能。

好啊,這樣也好。除了這句話,我眞的無話可說。

不管他給了什麼回答，我都還是會繼續愛著他。他和我都知道。

本來以為，今天過後，我們要不日漸疏遠，要不成為純粹的好朋友，沒想到，我卻一股勁地越陷越深，半年後就應他的要求，和他上床。

33 我無法離開的李敏澤

是大二上學期快結束的事情，冬天的時候，他特別喜歡來我住的地方找我。一起躺在床上的時候，他喜歡將手墊在我的脖子底下，另一隻手則輕輕環抱著我。

「雅竹，我最喜歡妳了，妳真的好特別，還好有我看見妳的特別。」

我背對李敏澤，任他撫弄我的頭髮和身體其他部位。

「真的呢，如果沒有你的話，我或許會過得很糟。」當我說出這句話時，我剎那間對自己感到陌生，但這種異樣的感覺，很快就被一連串的甜言蜜語沖淡。

「這禮拜也辛苦妳了，週四的工作還好有妳幫忙，大家都覺得妳表現得很好喔。」李敏澤在我耳邊說話。

「是嗎……那也是因爲，有你的介紹，才會讓大家對我印象很好吧。」

「哈哈，或許確實是那樣沒錯吧。」

李敏澤緩緩將手伸進我的衣服裡，搓揉我的胸部。

「這樣可以吧？」他說。

我沒有說話，任他解開我的內衣。

「這樣舒服嗎？」他問。

明明喜歡著這個人，爲什麼這時會這麼想哭呢？我沒有辦法靠自己一個人找出答案，於是選了最簡單的一條路——我什麼都不回應。

「……你愛我嗎？」用盡全身力氣，我只能說出這種宛若乞討般的話語。

「……妳最可愛了。」

李敏澤繞開話題，忙著做他比較感興趣的事情。

他好像有一張進度表，每一次他著手進行這種事時，總會推進到不同的進度，我們從最一開始的徹夜談話，變成每一晚的單方面觸摸。如果我試著回到過去的模式、試著多跟他聊些不同的話題、試著跟他討論生活，聊到一個程度後，他就會報復性地從我這裡索取更多、要求我做更多。漸漸地，我越來越受他控制，因爲不確定自己到底想不想走到最後一步，而努力推遲時間。

我已經離不開這個人了，當他離開房間時，我偶爾會掉眼淚，意識到自己漸漸變得無能。工作是他介紹來的，現在身邊比較要好的朋友，也是他的好朋友，我已經好久沒和吳家維、劉優聯絡，我不知道要怎麼開口跟他們說起這些。

「妳終於和李敏澤在一起啦？」吳家維問。

我和他終於在系館樓下的吸菸區巧遇，我像是抓到了一根熟悉的浮木，迫不及待地想向他傾吐，告訴他我現在過得不好，告訴他我已經開始想回到從前。沒想到，他劈頭第一句就切中我最疼痛的地方。

「算是在一起嗎？好像也不算。」我含糊地說。

「是喔，是因爲你們都在忙工作和作品嗎？妳上個月上傳的作品，我看了好幾遍，我很喜歡，覺得被妳超前好一大段。我也想像妳給我回饋一樣，把我的意見寫給妳，妳會想看嗎？」

「謝謝你，我很期待你的回饋。不過，你眞的覺得那個作品好嗎？」

「我覺得很厲害呀，雖然劇情太緊湊，又有一點套路，但以學生來說已經夠厲害了。」

「是嗎？」我不是對吳家維說，只是將這個空虛的回應拋給自己。

其實我根本不想要拍這種片，然而李敏澤看過我的劇本之後，就動手大改了一波，再趁我不注意時轉寄給所有工作人員，說是我寫的。

我能怎麼做呢？好想向吳家維求助，可是又不希望讓他看見這樣子的我。

「謝謝你，我會努力拍出更棒的東西，也期待你的作品喔。」我丟出一句客套到讓人難以忽視的話，無意間，又在我們之間拉出了距離感。

「嗯，謝啦，我們有空再約吧，好久沒一起看電影了，每次問妳，妳都說沒空。」

「哈哈，抱歉，最近比較忙。」事實上是李敏澤三不五時就出現在我身邊，或是三不五時就要求我趕到他身邊。

「那我先走啦！」

「嗯，再見。」吳家維捻熄手上的菸。

他是什麼時候開始把頭髮留長的呢？我怎麼現在才注意到呢？我想問他關於髮型的問題，但問了也是徒增尷尬，於是我淡淡說了聲再見，佯裝一切都好，佯裝我並不特別想念。

「喔，對了，菸還是不要抽太多吧，而且妳還抽這麼重呢！」吳家維指指我手上的菸。

想要大聲開朗地做出回應，我卻做不到，反而讓一直忍著的眼淚掉了出來。

34 我推開的劉優同學

「咦？妳怎麼還沒睡？」

不小心在客廳發呆太久，被剛回來的吳家維一問，才注意到原來天快亮了。

「在想以前的事情囉。」

「……還好嗎？」

「嗯，可以的，只是更覺得對你很抱歉。」

我躺在沙發上，吳家維在我頭旁邊的空位坐下，然而我並沒有因此感到任何壓迫感，只覺得與他特別地親密。側頭往另一邊看去，視線所及是吳家維、劉優和我各自想貼在牆上的海報，也有幾張是上一位室友Randy留下來的。

「爲什麼？」吳家維問。

「你一直都很關心我，我沒有理你就算了，激動的時候還會罵你，眞的很不應該。」

「知道就好。」吳家維靠在沙發上，擺出放鬆的姿勢。

「你的頭髮又變長了啊。」

「哈哈，妳好像幾年前也說過這句話，用同樣的表情。」

吳家維見我一臉困惑，才解釋，大二上我們某天在學校巧遇，我突然哭了出來，卻一直不說原因，吳家維慌張地追問，最後我才回答：

「因爲吳家維的頭髮，不知道什麼時候變得那麼長了啊。」

「有嗎？我有這麼好笑嗎？」我假裝生氣地說。

「嗯，的確不怎麼好笑呢，我都快嚇死了，一個平常冷血、可以用拖鞋打蟑螂的女生，竟然在我面前哭了耶，一點前兆也沒有，我哪知道要怎麼辦，難道要跟妳一起哭嗎？」

我們兩人針對蟑螂的事情，又鬥嘴了幾句，和吳家維聊天總會這樣，話題不知不覺就扯遠了。

「我剛剛也在想那時的事，在你面前哭出來很抱歉，也好丟臉啊。」我雙手掩面，認眞想想，我後來又在吳家維面前哭了好多次。

「還好妳那時有哭，」吳家維說，「不然我們就不知道能怎麼幫妳了。」

「記得那天之後，我們變得像以前一樣常見面，劉優甚至鼓勵我和李敏澤撇清關係。」

「對、對，當時我們又一起拍片了。」吳家維的目光飄向牆上的海報，左邊數來第二張，就是我們特地爲那支片做的宣傳品。

「只是，後來我又聽了李敏澤的話，要你們不要管我，還把你推出我家門口，眞的很對不起。」

我坐起來，向他鞠了個躬，雖然說再多的抱歉，事情也無法重來。

「眞的很可怕呢，我有時候會想，如果不是劉優在大三暑假碰巧遇見妳，妳不知道現在還在不在。」

「可能吧。」我說，意思是，可能就不在了吧。

大三暑假的某個午後，我被李敏澤帶去某個展覽的開幕茶會，他一看到我的穿著，就叫我自己一個人回家。已經習慣被他傷害、被他命令的我，獨自坐在展場對面的便利商店發呆，李敏澤和他的藝術家朋友走進來買菸時，看也不看我一眼。

「雅竹？妳怎麼瘦這麼多？」

我在玻璃櫥窗內，就看到劉優慌慌張張地跑進店裡，她穿著一件水藍色的連身裙，及肩長髮飄逸地甩動著。我沒有別的念頭，已經失去了擁有情緒的能力，不懷念、不想念、不驚喜也不羞愧，可能僅是覺得羨慕吧，覺得如果我今天是劉優，或許李敏澤會對我更滿意一些。

劉優罕見地粗魯起來，要我脫掉小外套，習慣服從的我也就馬上答應了，露出肩膀、手臂、腰上的傷痕給劉優看。遠處的店員們，也被我的身體嚇了一跳，偷偷討論這些傷是從何而來。

「都是他做的嗎？」劉優急切地問。

我沒有回答，只央求她先讓我去一下廁所，不然血可能會沾上褲子。

「妳月經來了嗎？」

我不知道要怎麼說，於是一直搖頭一直搖頭，沒有辦法說出口。或許是我已經花了太多時間發呆，我一站起來，就注意到椅子上沾有我的血。

「如果不是月經的話，爲什麼會有血？潘雅竹，妳跟我說啊。」

劉優抓住我的手臂，她的力氣明明比李敏澤小很多，但我還是害怕得發抖。先前把她和吳家維推開那麼多次，現在我很羞愧，沒辦法對這位好久沒見的朋友坦白一切，話語全梗在喉頭，就快要化作淚水。

「妳……墮胎了嗎？」

聽到那兩個字，我頓時失去了力氣，再次跌坐回椅子上。劉優和店員打了聲招呼，說她等一下會回來擦椅子，就攙扶我到廁所，等我出來後，再把她包包裡的外套綁在我的腰上。

「妳是來看展的吧，不去看沒關係嗎？」我擠出力氣問。

「妳怎麼會問這種問題？」

劉優哭了，據她形容，當時的我就好像一具沒有感情的軀殼，她努力地想叫醒我的靈魂，卻發現我的靈魂根本不在這裡。

這時，本該在展場裡的李敏澤，或許是透過玻璃櫥窗看到了奄奄一息的我，馬上用優雅的步伐走進店內，溫柔地感謝劉優對我的照顧，說接下來他會帶我回家。

「聽說你現在住在雅竹的套房。」劉優沒好氣地說。

「是啊，我們同居了。」李敏澤露出幸福的笑容。

「我也聽說，你四處炫耀這樣就可以不用付房租。」

「妳應該聽錯了。」李敏澤還是一貫地一派輕鬆。

劉優威脅他，說要報警處理，並帶我去驗傷。

面對這樣的威脅，李敏澤把我拉進他的懷中，問我：「雅竹妳怎麼想呢？」

「劉優……妳不用擔心我，我只是最近比較虛弱而已，墮胎的時候，李敏澤也有陪我，你們不用擔心。」

李敏澤用了一連串委婉的說詞，要劉優什麼也別管，然後把我拉上招來的計程車，把劉優甩在車門外。

35 我緊抱的吳家維同學

「妳是不是覺得自己很可憐？」

一回到家，我就知道今天必須得跪在地上被懲罰，李敏澤的心情果然很不好。

「我們只是剛好遇到……你也知道，辦展的人是她的朋友……」

「喔？所以是妳們的好機會對吧？是不是很想把我抓去關啊？潘雅竹，我對你這麼好耶，妳不珍惜就算了，竟然還要弄我？妳會受傷、妳要墮胎，不是都是妳自己的錯嗎？」

健太郎同學，救我。健太郎同學，救我。健太郎同學，救我。我在心中默念著健太郎同學的名字，試圖再一次藉此撐過這段痛苦的時間。

一個巴掌過來，我便被那太過巨大的力道，打得摔在地上，頭撞到地板發出堅實的聲響。

健太郎同學，救我。健太郎同學，請你救救我，不要放棄我。

每一次被打、每一次發現李敏澤又沒有做避孕措施的時候，我都會默念著健太郎同學的名字，因為我已經沒有辦法，對李敏澤露出跟以前一樣的表情了，於是我想著健太郎同學，他有一天一定會來救我。

身高一百七十七公分，平常只穿素色T恤的健太郎同學，會在某個無聊的午後的咖啡廳，或某場我甩頭甩到扭傷的演唱會，和我以極為普通的方式邂逅。在他快離開的時候，我會猶豫一番再鼓起勇氣，問他的聯絡方式，而他會拿出手機，笑說眞巧、他也想問我的名字。健太郎同學用我的手機打字的時候，劉海會微微遮住他的眼睛，卻藏不住他泛紅的雙頰，然後，我會說服自己，這不過是天氣太熱的緣故，我手心的汗，也是這樣來的。

我們會用很平凡的方式相遇，重新開始過很平凡的人生，談很平凡的戀愛，然後擁有很平凡的幸福，沒有誰會故意傷害誰，沒有傷痕，沒有被流掉的小孩。

一個巴掌過來後，又是一踹，我反射性地護著肚子，讓李敏澤更生氣。

「那裡已經什麼都沒有了，妳為什麼還要護著那個骯髒的地方？」

一個人去墮胎的時候，我想像健太郎同學就在我的身旁，我想像健太郎同學眼眶泛紅地向我道歉，他會說：對不起雅竹，是我的錯，對不起雅竹，害妳得承擔這份痛苦，對不起雅竹，沒能在更適合的時候讓孩子出現，對不起，雅竹，我會一直陪著妳。

有了健太郎同學在我腦中訴說的話語，我便有了那麼一絲絲勇氣，走進手術房，拿掉這個，純粹因為李敏澤不想戴保險套而出現的生命。

健太郎同學，我已經快撐不住了，你為什麼還沒有出現呢？

正當李敏澤摔完我書桌上的東西、準備再回來打我時，門鈴響了。

「是誰？」李敏澤先是看了下門上的貓眼，再警戒地問，門外似乎站著他不認識的人。

「我是雅竹的同學，要來還她東西。」門外的陌生男聲說。

「你放門外就好，我再拿給她，謝謝你喔，還特別跑一趟。」李敏澤說。

「不過那是相機耶，放門外好像不太好，請問是不方便開門嗎？如果有什麼狀況的話，我也可以下次再來。」門外那人的語氣浮現懷疑。

李敏澤考慮了幾秒鐘，把我拖到床上，再用棉被蓋住我的身體，我順著他的意，轉過身去，避免待會門外的人看到我的臉，已經被打得發紅的臉。

門外的聲音是誰呢？我當時完全沒有力氣去想，只能思考待會要怎麼做，才不會繼續挨打。

「喂，吳家維，你想幹麼？」李敏澤不安的聲音從背後傳來。

我慢慢翻過身子，感覺身體都快散開了，一動就會引發一串刺痛。

「潘雅竹，我帶妳回我跟劉優的家。」

是吳家維。

我的眼淚又掉了出來，吳家維像健太郎同學一樣，來救我了。

「李敏澤，你暫時站在那邊一下，這位是我的高中麻吉，他是念法律的。」

吳家維輕撫我的背部，安撫正在啜泣的我。另一個高壯的男孩子，則站在李敏澤旁邊，剛剛站在門前與李敏澤對話的，應該就是這個人吧。

「另外，從劉優把潘雅竹帶進便利商店的廁所到現在，潘雅竹的手機都維持在通話狀態，你剛剛說過的話都被錄下來了，你最好不要輕舉妄動。」

確認我情緒比較穩定了以後，吳家維問我有沒有想帶什麼東西離開。

「嗯……書？」

「抱歉啊，雅竹，這次沒辦法一次把所有東西都帶走，我先幫妳拿幾件衣服，妳選兩三本書好嗎？」

吳家維掏出後背包裡的黑色垃圾袋，把衣櫃裡看起來像屬於我的衣服，都丟進垃圾袋中。下樓的時候，吳家維的麻吉提著黑色垃圾袋，吳家維則背著我，我靠在他的肩膀上，雙臂緊緊地抱著他，心想這是第二次了，並迷迷糊糊地在他背上睡著，睡得安穩而無夢。

36 我對不起的吳家維同學

「可能吧。」我說，意思是，可能就不在了吧。

「喂，怎麼可以說這種話？」吳家維生氣地說。

「過去的確發生過那種事，但現在的妳並不是過去的妳，妳已經有能力好好照顧自己了，不是嗎？」

「嗯，是這樣吧。」我不怎麼肯定地說。

我們坐在沙發上發呆，最後還是決定一起去樓下抽根菸，再回來睡覺。

清晨是個奇幻的時刻，月亮還沒完全離去，太陽就隱約地出現了，它們遙遙相對，讓人懷疑，小時候讀到童書中寫著「太陽和月亮永遠不會碰頭喔」，是不是騙人的。

被吳家維和劉優帶到他們家後，我好一陣子不敢出門，深怕李敏澤會在外面等我，就連下樓抽菸都要有人陪同，最常陪我的就是吳家維。剛和李敏澤分開的那幾個月，我每天都可以抽上一包甚至更多一些的菸。

我總是面無表情地抽著菸，吳家維和劉優問我在想些什麼，我都會說我什麼也沒有想，因爲事實眞的就是這樣，只要一開始思考，就會想到痛苦的事情，於是我也只能暫時不要思考。

「吳家維。」我喚了他的名字。

「什麼事？」

「眞的很謝謝你們，沒有放棄我。」

「妳已經說過好多次了啦，不用再說了。」

「我也必須再跟你說一聲對不起，和一聲只對你說的謝謝。」

那年，吳家維騎著機車，雙腳夾著黑色垃圾袋，把塞滿書的背包背在胸前，以極度彆扭的姿勢，載我回他和劉優的家。我在途中的隧道醒來，風轟鳴的聲音讓我又開始不安。

「沒事的，妳好好抓好就好。」吳家維大吼。

「吳家維，你爲什麼要對我這麼好？」恢復了一點力氣後，我問。

「因爲，我喜歡妳啊，一直都喜歡著妳啊。」

機車出隧道了，遠方城市的燈火，浮現在我們眼前。

「對不起，我還是好喜歡他，對不起、對不起……」我說。

「我知道、我知道，所有的事情都不是妳的錯。」吳家維說。

雖然想看吳家維的表情，但我的視線被眼淚干擾太多，什麼都看不清楚，事後想來，眞希望吳家維露出落寞、不愉快的表情，否則，他的聲音那麼溫柔，我要如何不覺得自己只是在利用他的寬容？

「不要再道歉了，不要再道歉了。」他說。

此刻，二十四歲的吳家維還待在我的身旁，一次又一次，不厭其煩地爲我點燃菸上的火，卻不曾刻意地握住我的手。

「吳家維，謝謝你那時喜歡著我，謝謝你喜歡著這樣的我，你才是我擁有的『無所畏懼與寬容』。」

「啊，是嗎？我也要謝謝妳，在那之後就不曾離開我。」吳家維說。

想必我們心中都響起了同一首歌吧，我們曾一起在回宿舍的路上唱過的，「來吧！焙焙！」的〈無所畏懼與寬容〉。

吳家維低著頭，有些害羞地開始唱，更久以前，我們都更年輕的時候，他總以這副害羞的姿態，不怎麼害羞地大聲唱出歌。

請別離開我　請別離開我　我的熱情　讓我脆弱

我也唱著同一首歌，給他回應：

你願意提供快樂給我　交換我隨意的笑容
你說你疲倦的時候　我卻任性地讓你心痛

吳家維看向我，接著唱下一段歌詞，質問我：

我想要你完全同意我　每個明天你總是有保留
每當我又感覺到衝動　爲什麼你總挑戰似地看著我　問　爲什麼

而我直接唱出這一首歌的結尾：

我就反覆地想學你
無所畏懼與寬容
對我的寬容

〈無所畏懼與寬容〉詞／曲：鄭焙隆

吳家維沒有再唱，或許他已經明白，我想要告訴他什麼了吧。

謝謝你，吳家維，眞的很謝謝你，但是，如今這股溫柔、這股寬容，不該再放在我身上了，我也許已經是個能重新爲另一個人付出的人了。

除了戀人以外的關係，我們做起來都很適合，我們可以是最要好的朋友、最不能分開的家人，可是我們不能戀愛，如果我們戀愛了，我生命的定位系統就會失準，我再也、再也沒有可以回去的地方。

「嗯，妳也別再說對不起了。」吳家維說，「謝謝妳還活著，和妳共度的這幾年，是我至今最開心的時光，我喜歡和妳一起經歷各式各樣的事情。出社會後，也覺得有這樣一個家，眞的是太棒了。謝謝妳，潘雅竹。」

「……還有劉優呢，不要一直謝我啦。」我難爲情地說。

「我和劉優之所以會成爲好朋友，嗯，原因就是妳吧，我們平常沒什麼話可聊，唯一的共同點是，我們都以不同的方式，非常積極地想守護妳，好讓妳不要消失，因爲我們都非常喜歡妳。」吳家維鄭重地補上最後一句，「妳是我們的青春中，最重要的中心呀。」

「是嗎?青春的回憶啊……我想起來開心的事情，我覺得值得想起來的事情，也都是關於你們的呢，好像只要我們三個人在一起，一切就會變得快樂很多。」

「是啊，只要我們三個在一起。」

36 我想見到的游健動

凌晨迷迷糊糊地睡去，睡到下午醒來，才想起我沒有傳訊息向游健動道謝。

「安全到家了吧?」

在我顧著回憶過去、和吳家維聊天的時候，游健動傳了這則訊息給我。

我急忙回訊息給他，順便補上一句遲來的感謝。

他說了幾次沒關係後，傳了一張咖哩飯的相片給我，說這間店離學校約公車五站距離，很好吃，下次可以一起去吃。

我躺在床上，總覺得今天不想要起床，但想到前幾次在床上荒廢度日時，不是被吳家維叨念浪費時間，就是被劉優拖去買衣服，她說打扮得漂漂亮亮地出門，心情會變得比較好。

「衣櫃裡有沒穿過的新衣服，也會比較想要出門喔！」她說，然後把這個月能花在娛樂活動的錢，統統砸在一間古著店裡。

「來，這個送妳。」

那次她還送了我一條藏青色的領巾，要我拿去好好搭配一下衣櫃裡那些素色的衣服。

我們三個人真的一直在一起呢。好希望這樣的關係能一直持續下去，但二十幾歲的生命，怎麼可能就此定型？

我關掉手機裡的電子漫畫，覺得自己這條被他們兩人救回來的命，不可以白白浪費。

我有沒有什麼想做的事情呢？

好久沒有問自己這個問題了，自從經歷過李敏澤這段，光是不要排斥明天，對我來說就已十分困難。看了好幾次心理諮商師，也吃過藥，雖然他們都說我可以重新開始了、說我再好好消化一下就會找到不同的想法，但我就是找不到。

這個世界上，還有什麼需要我來做的事情嗎？我已經不夠青春，無法再幻想這世上存在著只有我才能做到的任務了。

有人說，每個人的出生都是有意義的，我只覺得這是句安慰人的話，倘若一個人發現自己的出生和死亡都沒有意義，那麼活著和死去，都會因太過無聊而變得無感。

說是這樣說，但我還是需要爲自己找點事情做，爲了活下去，爲了讓人生的齒輪繼續轉動，爲了不讓各個珍貴的、愛著我的人難過，我必須繼續轉動。

游健動能夠理解我這樣的想法嗎？人生看起來過得非常順遂的他，會想聽我這些頹廢的發言嗎？即使猶豫，即使懷疑，我還是很想在這個時候見到他，想要聽他的建議，希望他像我腦中的健太郎同學一樣，溫柔地告訴我，如何找到出路。

很多人都說，愛會讓人視野開闊、愛能讓人變得更加自由，然而我過去的經驗告訴我，愛往往奪走一個人的全部。

我正思念著游健動，我知道，我也明白自己渴望和他墜入一場戀愛，可是我害怕，如果又愛上了，我又會失去好不容易拿回的全部，即便，我早就愛上了。

眞的好想見你，好想聽見你的聲音，那聲音一定會讓我安心。

想著想著，我決定聽從劉優的建議，穿她上次推薦給我的洋裝出門，打開YouTube複習怎麼化妝，以前化妝都是因爲李敏澤要求，但這次化妝是爲了漂漂亮亮地出門，對我而言意義深重。

我傳訊息給劉優，附了張自拍照給她，然後收到一連串她傳來的愛心貼圖。

「我今天化妝了喔。」

整理好包包，再照了照鏡子，沒問題的，我今天滿喜歡這張臉，我今天滿喜歡這具身體，我可以踏出門，去散散步，去享受這段生命給我的假期，我値得的，我對自己說。

門闔上的聲音特別清脆，我帶著美好的人給我的愛，輕快地小跳步下樓梯，去逛逛書店也好、去咖啡廳窩一陣子也好，我需要看見正在努力生活的大家，重新學習，努力地活著是怎麼一回事。

38 我一起大笑的游健動

「哈囉，今天過得好嗎？」

游健動快步走向在樓梯口等他的我。

原本以爲每週都一起吃飯，只是他隨口說說，沒想到他中午還傳訊息跟我確認，差點蹺課的我，爲了赴他的約而洗臉出門。

「嗯，還不錯吧。」我含糊地說。

「是不是上課都在滑手機？」游健動看穿了我的心虛，開玩笑地說。

見我一時慌張，他連忙補充說，他大學也常常蹺通識課。

「我是比較喜歡自己看書的類型。」他也打趣地爲自己辯解。

「啊啊，當時都會自己去圖書館看書嗎？」想起他現在正在念文學，我好奇地問。

「對啊，小說、詩、理論書，什麼都翻一點，眞的是很輕鬆的那種閱讀法，很多書我都忘記它在寫什麼了，寫報告時還要回去翻。」

「不過，聽起來，你的大學生活過得很充實啊。」

「充實嗎？可以這樣說吧，想想也覺得，那時有順著自己的興趣來安排時間，眞是太好了，也才能下定決心考其他領域的研究所。」游健勳又補充，「不過我該考的試、該做的報告都還是有做喔，在系上的成績也還不錯。」

「你是在什麼時候決定要考研究所的呢？」

「欸，剛好是前年三月快四月左右，也就是去年的現在，快畢業了，但覺得直接去就業的話，人生好像會少一塊東西，於是我繼續辦學貸、打各種不同的工。」游健勳看著我，彷彿在看著當年的自己，「非常努力喔，爲了能夠繼續念書。」

「眞了不起呢。」

在這一瞬間，游健勳又成爲站在舞台上的人了，我在舞台下爲他鼓掌、在台下欣賞寫有他成長過程的演講簡報。

「也沒什麼了不起的，我只是到了大三、大四要找實習的時候，才開始認眞思考自己想要做什麼。」他說。

我們慢慢散步，走出校門，鴿子和麻雀們似乎被漸暖的季節所感染，活潑地在草地上跳躍，爭相叼著乾草莖，或許是爲了築巢做準備，不過牠們的動作，看起來多麼像遊戲。

這段從教室到校門外的路，我來回走過好幾遍，有跟吳家維，也有跟劉優一起走過，我們還曾在操場正中間喝啤酒，秋天時本來打算過來野餐，卻由於遲遲不見轉涼的氣候而放棄，最後還是在租屋處吃三明治、喝便利商店賣的雞尾酒。

除了他們兩人之外，我也跟各式各樣的人一起走過，通識課的同學、其他系上的朋友，甚至還遇過好幾個不同的人向我傳教。

好懷念啊，我環顧四周，我也曾和李敏澤一起走過這裡，不知道他現在在哪裡呢？我在這個念頭還沒轉成好奇心前，就趕緊打住，不再往下想，他在哪裡、過著什麼樣的生活，都和我沒有關係了。

雖然因為他的緣故，經歷了滿長一段恐慌的日子，可是回想起某些愉快的過往時，還是會想到他曾帶給我的快樂。

雖然大多時候都因為他而感到悲傷、憤怒、討厭自己，但我也曾經因為他而喜歡自己過。這種情感太過複雜，現在的我沒辦法完全了解，為了讓這件事盡快過去，我只能選擇恨這個人，或是忘記這個人，也許就只有這兩個選項而已吧。

「那妳呢？畢業後會直接去工作嗎？」游健勳問。

「嗯……應該會吧，不過我還沒有決定要往哪個產業發展。」我說。

我不安地拉扯著洋裝裙襬，知道今天可能會和游健勳碰面，我又穿了那件劉優推薦的洋裝，深藍色的棉質格子洋裝，格子由細細小小的線條交錯而成。劉優說，如果我還不想穿太鮮豔的顏色，可以先穿這件，走比較文靜的路線。

我在眼尾下方畫了腮紅，希望氣色會好一點，也希望今天在游建動面前可以可愛一點。

「慢慢想也很好啊，不用著急。」游健動溫柔地說。

「也是呢。」我也只能這樣回應他所給的安慰。

眼前的路口沒有紅綠燈，即使在這裡念了快五年的書，我還是學不會怎麼過這個馬路，游建動也屏氣凝神，觀察路上來車。

我深信世界上的人，可以很絕對地分成三種，第一種是憑氣勢過馬路的人，他們可以暢遊在不會禮讓行人的車流中，憑藉一股「我就是要過去！」的霸氣，摩西過海般穿過車陣，再怎麼凶狠的車，都會爲他停下來；第二種是策略型的步行者，他們會觀察前後方有紅綠燈的路段，謹慎地計算最適合過馬路、車流量最少的時機，或是觀察其他要過馬路的人，等累積到一定人數，再抓緊時機跨步；第三種，就是我這種，不會過馬路的人，好不容易鼓起勇氣踏出去，就會被即將到來的車輛嚇著，更是常常和駕駛陷入進退兩難的窘境，他讓、我也讓，他走、我也走。

看來游健動不是第一種氣勢型的路人，我和他一起死盯著地上的斑馬線看，時間過了一分鐘、兩分鐘、三分鐘……有個氣勢型路人直接穿過馬路，但我們兩人還是按兵不動。

「啊……抱歉，我在這邊讀了一年，還是不會過這個馬路。」游健勳難爲情地解釋。

「不不不，你不用道歉，我在這邊念了這麼久，也還是不會過。」我說。

幸運地，有一群穿著球衣的男大生，一邊聊天一邊往我們這裡走，他們裡面有不少氣勢型路人，讓我和游健勳得以假裝是第二型觀察型，開始挑戰過馬路。

很不幸地，有一台比較性急的車，不打算減速地繼續開動，害怕它再過十幾秒就會撞上我們，我抓著游健勳的短袖袖口，拉著他快步通過。

「呼，怎麼會這麼困難啊，總覺得這比考研究所還難。」游健勳抱怨道。

我沒有回應他這句話，僅是忍不住笑了出來，他看了我一眼，也跟我一起笑了起來。

我們剛剛到底在搞什麼呢？不知道啊，莫名其妙就很刺激了呢。腎上腺素一旦分泌了，就需要一些時間緩解，我們誇張地笑得前俯後仰，並相信，今天能體驗這麼有趣的事，一定是因爲對方的緣故，因爲有對方，連過馬路都變得好有趣。

39 我一起討論無聊話題的游健動

我們搭公車，到離學校有五站遠的地方，吃游健動前幾天推薦的咖哩飯。

店面沒什麼裝潢，簡單擺了幾張帶著髒污的白色桌子，開始掉漆的水泥牆上也掛著過期好幾年的月曆。

店裡一樓的位子已經客滿，服務生領著我們踏上陡峭的鐵製樓梯，每個人的腳步都發出沉悶的「咚、咚、咚」的聲音。

店裡的雇員好像只有眼前這位年約二十七、八的服務生，和另一位在廚房忙碌的女性，他們身上都穿著綠色圍裙，是那種有時會在熱炒店看到的台啤贈品。

「你是不是前幾天也來過？」服務生問游健動。

「對啊，我今天可以喝酒了。」游健動說，以一種和男同學對話的方式。

「那我待會拿你上次留的那兩支給你。」

謝謝啦，游健動說。

服務生沒有再多聊，隨即踏著同樣的腳步聲下樓。

「其實我也才來第二次而已。」游健動說。

他說他上次騎車來，沒辦法喝老闆推薦的精釀啤酒，便事先跟老闆約好，或許今天或明天會再來光顧。

「原來那個就是老闆。」我說。

「是啊，他和他的妻子大學畢業後就創業，開了這間店，現在收支勉強能打平。」

「看來你們上次聊了不少呢。」

「而且他推薦的酒啊，看起來眞的很棒，所以我當時就馬上告訴他，我今天或明天會來。我想說，如果妳今天不想吃咖哩，我明天再自己來就好。」

游健動鬆散地靠在椅子上，這裡的椅子和學校附近小吃店的椅子一樣，椅背和座墊上鋪有深綠色的皮墊。放在我背後的類比電視，也正播放著HBO頻道。和游健動在一起的時候，我變得更有宿命論者的傾向，上次一起吃飯的小吃店，電視播放的是《戀夏500日》，而今天的咖哩店，則播放著《愛在黎明破曉時》。

「我沒有偷set電視內容喔，都是碰巧的。」

注意到我的目光，游健動刻意搞笑地說，但這樣的幽默感，反而讓我們之間的氣氛，變得更加曖昧。

「你有看過阿巴斯的《愛情對白》嗎？」

意味不明且開始凝結的沉默，讓人感到一股帶有甜味的刺痛，沉不住氣的我，馬上藉由抛出下一個話題，來結束這個也許與愛情有關的氛圍。雖然我第一時間想到的話題，並沒有稀釋掉這空氣中飄盪的試探氣息。

「有喔。」

「我很喜歡，爲了思考究竟是眞是假，還看了兩遍。不過，是幾年前看的。」

「那最後，妳的答案是眞，還是假呢？」

「我的想法比較接近男主角對複製品的看法吧，我不知道這樣說精不精準……」

「妳可以說說看啊。」

另一個老闆走上樓，她的腳步聲比她的丈夫輕巧許多，雖然她手上還端著兩盤咖哩飯加蛋，以及兩瓶精釀啤酒，她以不會發出聲音的方式，把酒瓶放在我們桌上開瓶，和她應該十分健談的丈夫相比，她與客人的相處模式非常安靜，與其說安靜，不如說是盡可能拒絕發出任何聲音，比較精確吧。

我們兩人和她說了謝謝，她點頭致意，下樓時依然腳步輕巧。

「眞是有趣的一對。」游健勳說。

「是啊。」

「妳剛剛的話，是不是還沒有說完？」他露出不會放過我的表情。

我裝出一臉無奈的樣子，但心裡其實很開心，覺得自己的想法被眼前這個人重視了。

「我之前上了外系的課，讀到羅蘭巴特的思想，雖然覺得很有趣，也去查了一下後結構主義和後現代，不過還是不怎麼理解，只是很單純地認同，沒有絕對眞實、穩固的『意思』存在。讀剛剛講到的這些東西時，我馬上想到《愛情對白》，或許在這部電影中，是眞是假從來都不是最重要的。有些評論認爲，女主角和男主角或許早有一段情，我不會完全否認這個可能，但會覺得這個可能性不是特別地重要。」

「怎麼說呢？」游健勳沒有開始吃飯，只是啜飲了一口啤酒，專心地聽我說話。

「在我們在意眞假的同時，所謂的『假』也能提供我們『眞』的快樂，因爲『眞』的快樂也不過是我們想像出來的，那麼不管眞相是什麼，重要的都是我們和當事人在其中感受到了什麼。」

「那麼，當妳發現一個東西可能是『假』時，那個『假』還能給妳如『眞』的效果嗎？」

「我覺得可以唷，因爲我是個想像力豐富，且不覺得有什麼是絕對眞實的人。」我開玩笑地說，「誰知道我手上的這杯啤酒，究竟是眞的啤酒呢？還是被特別設計過，讓人喝起來會以爲是啤酒的水呢？」

「說得也是，重要的是過程，而關於這杯啤酒的結果，我們根本無法分辨。」接著游健動又補充，「當然，如果在妳的假設中，那杯被特別設計過的水，也能讓人有微醺的效果的話。」

「你該不會醉了吧？」我驚訝地問，他看起來酒量並不差。

「我通常都只會醉第一口喔，等到喝第二口時就會因爲習慣了，而沒有第一口的朦朧感，或許可以說是，很容易醉，但也很容易酒醒的類型？」

「好奇怪喔，但也好像是一種對於感情的隱喻。」我微微諷刺地說，面對這麼能讓我愉快的人，我總得出示幾分戒心，試著試探幾次，看能否探到他的眞心。

「我只有喝酒會這樣而已，基本上我還是個喜歡累積的人，累積的越多、腦內的資訊量越大，就能在每一次相處中，從對方的言行舉止，收集到更多想知道的事情。」

「聽起來好可怕。」

「抱歉啦，我說得不怎麼精準，我想說的是，和妳這麼聊天，是我前所未有過的，也是開心的。每次多了解妳一點，我就會變得更想了解妳多一點，嗯……這樣說有比較清楚嗎？」

「語法上好像有點混亂喔，但是，我覺得我有聽懂，或者說，我有得到你想傳達的意思了，儘管理解可能不完全正確。」

「是嗎？妳可以放心，我想傳達給妳的，都是我認爲眞實的。」

「那眞是感謝喔，我會好好期待的。」我說。

咖哩就在我們一來一往的對談中，冷掉了，我們卻沒有人吃第一口。

40 我一起淋雨的游健勳

我們兩人吃飯的速度都很慢，更何況還都顧著聊天，用完餐要結帳時，時間已經過了兩個半小時。沉默的女老闆說了一個數字，接下我們遞出的紙鈔後，語調沒什麼起伏地說了聲謝謝。

或許是剛剛只顧著聊天，我們都沒發現，原來外面下起暴雨。

「眞是不妙，妳有帶傘嗎？」

「很不妙呢，我今天正好沒有帶。」

「眞是的，明明我們都在降雨率高的地方讀書，怎麼這麼巧都沒帶傘呢？」

今天我換了平常不會背的包包出門，想說和洋裝比較搭，傘就忘在房間地板上了，這是不能告訴他的理由吧。

「我們要回去店裡等雨停嗎？」游健動問。

沒想到他才說完這句話，就有另一群看起來像是剛下班的上班族，魚貫進入店裡。

「好像沒有我們能坐的位子了呢。」我遺憾地說。

「不然，我跑去街角那間便利商店，買把長傘回來。」

「欸？不用啦，我去就好。」

「沒關係的，這時候就讓我展現一下紳士風度吧。」

「這樣子嗎……」

游健動抓準我遲疑的片刻，丟下一句「那我出發囉」就跑出屋簷，不想讓他獨自淋雨的我，來不及抓住他的袖口，卻憑著一股衝動，跟著他衝出遮雨棚。

「喂喂，妳為什麼要跟出來呀，這樣不就白白淋濕了嗎？」

「總覺得，要淋雨也要一起淋才對啊。」

雨聲太大，我們只能在一片激烈的降雨中吼叫。

不知道為什麼，只要和游健動在一起，我就沒有辦法，像平常那樣以理性來考量所有事情。和他在一起時，我總是非常單純地想著，要怎麼樣，才能讓這個人不要從我的視線中消失。

雨下得很大，剛離開屋簷沒多久，我們的頭髮都濕了、都開始滴水了，

「潘雅竹！妳跑太快了啦！小心車！」

我們開始在雨中賽跑，在安靜的小巷中發出喧鬧的聲響，或許樓上的住戶正爲此咒罵著我們吧，眞是抱歉，但請原諒我，請讓我繼續享受這個難得如此愉快的時刻吧。

「你跑得意外地慢呢。」

我們兩人在便利商店前碰頭，都氣喘吁吁，且渾身濕透。

「這時候再買傘，好像也沒什麼意義了。」我笑說。

「眞的是這樣。」他也哈哈大笑了起來。

「還是妳要一起搭車到我學校旁邊的租屋處？我可以借妳乾的衣服換上。」

「沒這個必要吧，我從這裡搭車回去也很快，不過可能得搭計程車了。」

我的劉海還在滴水，妝可能花得一塌糊塗，若還要再搭個三、四十分鐘的公車，肯定會感冒的吧。

「好啊，啊，那這給妳用吧。」

游健動從後背包拿出一件襯衫式的深藍色外套，他說我可以蓋在頭上，可能比較

不會著涼。

「謝謝，那我再跟你約時間還你，你也趕快回去吧。」我拒絕不了他的好意，如他所願，把外套套在頭上。

「啊，這樣好像無臉男。」他開玩笑地說。

「原來你也會開這種玩笑啊，我真是看錯你了。」我也開玩笑地回了句。

最後我們又站在便利商店前，依依不捨地多閒聊了一會，刻意錯過了六台計程車，直到第七台計程車經過，我才伸手攔下。

「那就下次再見囉。」

「嗯，下次見。」我向他揮揮手。

在回家的車程中，司機問我，剛剛那個是不是我的男朋友。

「不、不、不，我們只是朋友而已。」我說。

「是嗎？朋友喔？呵呵呵，要好好把握耶，他長得那麼帥！看起來也對妳很好。」

不知道該怎麼回應的我，淡淡地說一句知道了，並且試圖控制自己的嘴角不要上揚，心跳不要加快。

41 我不想像的游健勳

「妳怎麼全身這麼濕啊？」

打開家門，劉優盯著我瞧，目瞪口呆。

「沒帶傘，結果學校附近下大雨了。」

我看了看窗外，果然還是一片寧靜，雨似乎只被困在學校附近幾公里的範圍內。

劉優正在敷面膜，悠閒地坐在客廳用手機追劇，我問她她在看什麼，她回答是《晝行閃耀的流星》電影版，並抱怨地說，她覺得還是漫畫比較好看。

「平面的人物變成立體後，就會少了一些幻想嘛。」我說。

「反而是在日常生活中，遇見並且喜歡上的人，會散發出漫畫男主角般的感覺呢。」

劉優敷著面膜，我只能模糊地看見她笑彎的眼角與嘴唇。

「妳還是很喜歡主管，對吧？」我問。

「是啊，短期內應該不會有什麼改變了。就算失望、就算覺得不值得，還是好喜歡他啊，妳看，就是這麼一場沒有社會人士氣息的職場戀愛。」她自嘲。

我們還是太年輕了啊，就算在跌跌撞撞的過程中，依稀摸到了社會的形狀，和比我們年長一、二十歲的人比起來，還是很微不足道吧。我並沒有告訴劉優這個想法，畢竟連校園都還沒踏出去的我，又有資格論斷什麼呢？不過，還能夠對「社會」擁有各種想像，甚至偶爾會有想要打破它的衝動，也是年輕人的可貴之處吧。

「搞不好，不管幾歲的人，談起戀愛都是這種模樣呀。」我只是這樣說，說完卻覺得自己大概還是說錯了話。

劉優聽了僅是笑笑，要我趕快去洗澡、換上乾淨的衣服。她大概是需要一點個人空間、一點空白，來思考對方是怎麼看待她的吧。

先前或許都能歸咎於，年紀大的人比我們還要更熟悉「現實」，而熟悉「現實」的方式，就是將喜歡的人、愛上的人放在最後位，最重視工作與個人發展，我們也必須在年紀增長的過程中，反覆練習這件事，但是，如果這樣的選擇方式，並不會讓我們幸福的話，又有誰可以告訴我們，都落入這個田地了，孤單的我們，還有什麼方式能夠幸福呢？

換作是我，也沒有辦法去跟一個年長的人，討論這些聽起來孩子氣的問題。在還有很多選擇的時候，年輕的我們仍可以思考各種假設，然而，當我們逐漸老去、人生的路線已經被自己踩得筆直、踏實，還能夠為了自己的情感、尚未被證實的幸福，而放棄原來的計畫嗎？

應該很難做到吧。

愛著一個比自己年長且在同一專業領域的人，必定是很痛苦的吧，尤其劉優又這樣好強。

「怎麼了嗎？」劉優見我站在房門口發呆，擔心地問。

「沒事，只是好希望妳能幸福。」

「我也是，好希望妳能再次幸福起來。」她說。

已經認識很久的人，總是不需要說得太多，我關上浴室的門，站在蓮蓬頭下讓熱水爬滿全身。

從我腦海中的平面角色，變成立體人物的健太郎同學，和我的想像不太一樣，卻比我能想到的還要完美。

過去想健太郎同學，是將他作爲李敏澤的對照，現在想健太郎同學，是一個讓我傾慕的人，是一個有自己的歷史、自己的回憶，並且不是爲了我而存在的，活生生的一個人。

我覺得這樣很好，或許再多喜歡游健動一點，我就會忘記健太郎同學了，也說不定，我就會完完全全地，與那段痛苦不堪的過去產生斷裂，進入下一個與他共享的時期。

想要和他一起看表演，我們可以提早一個半小時見面，約在展演空間外的小吃店，吃完後買一杯飲料，在附近繞繞遠路、散散步，邊走邊把飲料喝完。想要和他一起看電影，我們會在買票時討論要不要辦會員、要不要買年票，最後決定其中一個人辦會員就好，反正我們往後一定都會一起看電影的吧。最想要和他什麼事都不做，就只窩在房間裡聽音樂、看書，他看他的書，我看我的書，偶爾看得專心，還會以爲只有自己一個人在房裡。

以爲只有自己一個人在這個空間裡，心裡卻暖暖的，不孤寂，這或許才是，我想像中最美好的愛情。

健太郎同學一定做得到，游健動呢？如果我不願意踏出一步的話，就永遠不知道。

我想著各種近乎空談的憂愁，想著想著，皮膚都被洗皺。

這個時候的我，當然還沒有把《晝行閃耀的流星》，當作劉優給我的暗示，一直以來，她都看得非常清楚，不論是漫畫還是現實，男二都有可能成爲男主角。

42 我相約的游健動

怎麼這麼快就走到這一步了？

對了對了，應該是因爲，上次淋雨回家後，我把游健動的外套曬在陽台，吳家維見了，便一直催促我要積極一點，不然好不容易遇到的好對象，就會溜到我再也找不到的地方了。

曖昧的感覺總是退得特別快，吳家維一臉嚴肅地說，好像他有過類似的慘痛經驗。

吳家維是這麼地堅持，甚至宣告潮州街音樂節那天，他一定會放我鴿子，以及要我去約游健動。準備出門上班的劉優，那天身上香水的味道依舊好聞，我央求她幫忙說服吳家維，但她只說那天她也早就有約。

「既然吳家維要這樣耍笨，妳就順著他吧。」劉優丟下這句話，輕輕地闔上家門。

於是，在四月的這一天，我站在捷運古亭站出口，等待游健動的出現。

衣服、妝容、鞋子、小腰包，都經過劉優的認可，她建議我噴點香水，但那不太符合我的個性，最後我還是婉拒了。一想到有股味道，會非常不容拒絕地被游健動聞到，平常沒這個習慣的我，只覺得非常害羞。

劉優就好像那種歐美影集中送女兒去舞會的媽媽，在我出門前，還舉起手機爲我拍了張照。

「喂喂，不要上傳啦！」我驚慌失措。

「沒事、沒事，我自己留著做紀念嘛！」她說。

考慮到今天會需要坐下來看表演，我穿了件高腰的卡其色老爺褲，搭上一件素色白T，穿我平常習慣穿的皮鞋，再帶個腰包，確保整體帶有休閒感。劉優大概不會察覺，我之所以會想這樣穿，有部分原因，是希望自己今天站在游健動身旁時，看起來會比平常和諧，就像那天晚上在河堤遇到他時一樣。

「吳家維眞的太白痴了。」劉優說。

「什麼意思？你們最近吵架了嗎？」我擔心地問。

「沒什麼，只是他這陣子工作很多，大部分都是很久以前就敲定的，他還答應你一起去看表演，眞是……白痴呢，常常罵妳笨蛋的他，才是最大的笨蛋吧。」

「原來是這樣啊，所以他才會拿游健動當藉口，推掉跟我的約。」

「是，也不只是這樣吧。算了，妳今天的約會才是最重要的，回來記得跟我報告啊！」劉優俏皮地笑。

和劉優道別後，我散步至捷運站出口，總覺得她剛剛拋給我很多訊息，但悟性不夠高的我，並沒有接收到。不過，我的駑鈍好像也是她期望的，她就是想要講一些我以後才會懂的話吧，並不打算改變現狀。

「在想什麼？」游健動跳上台階，出現在我的眼前。

他也是一身素色白T搭上深藍色褲子，背著一個側背包。

「沒事，只是在想一些關於人生的複雜問題。」

「噢，是關於宇宙的奧祕，對吧？我也最喜歡想這些事了。」游健動逗著我說，臉上有著笑容。

總覺得這般愉快的心情，會持續到傍晚我們向彼此道別以後。

帶著這種輕盈的感覺，我們漫步前往活動會場。

43 我沒有錯過的游健動

音樂從不遠的地方傳來，整條街被布置得很有祭典氛圍，街邊也聚集了一攤又一攤的攤販，販售耳環、帆布袋、髮帶等小物品，甚至也能看到一些稀奇的古玩。

「最近是不是很流行劍玉啊？」游健勳蹲下來，檢視小販放在地毯上的劍玉。

「好像有這麼一回事，但我沒有玩過。」

游健勳拿起劍玉，小聲地驚呼它比想像中的重，試了幾次都沒有成功。見我在旁邊偷偷笑出聲，他難爲情地把劍玉遞給我，問我要不要玩玩看。

我努力把那顆球往上甩，球落下之後，意外準確地卡進我死命握住的手把上。

「這樣是不是成功了？」我睜大雙眼，問游健勳。

「應該是吧！太了不起了！」他興奮地回應我。

老闆忙著和其他客人介紹古董，我們禮貌性地向他打了個招呼，就離開攤位區，邊走邊拿出手機，上網查劍玉各個構造的名稱。

「妳今天有特別想聽什麼團嗎？」游健勳問。

「我想想喔，『午休失眠』是一定要的，也想聽Riin放歌，不過還是更喜歡隨意逛逛。」

「啊，我能理解，音樂節就是，讓妳意間愛上新的樂團的聖地吧。」

「對對對，就是這個意思，不過，我還是不想放棄聽『午休失眠』現場的機會。」

「沒問題！我也非常喜歡他們，我們下午一點就準時到那家店報到吧。」游健動立刻點頭。

潮州街音樂節，有個有趣的特點，它的表演場地除了一座戶外舞台外，其餘的場地都在路上的商家內，平常會吃的咖哩店、偶爾會去那邊坐坐的咖啡廳，甚至是那些一直想吃但吃不起的精緻餐廳，統統都會變成表演場地。

「好像一個平行世界。」走在熟悉但也不熟悉的柏油路上，我說。

「妳覺得，平行世界的妳是什麼樣的人呢？」游健動問了一個很健太郎同學的問題。

平行世界的游健動，搞不好就是健太郎同學吧，完全一模一樣，想到這裡，我不小心發了一下呆，回過神才趕緊回應他拋出來的話題。

「應該會和現在一模一樣吧，我好像沒什麼特別後悔，或做了之後不喜歡的事情，所以，平行時空的我也會做出同樣的選擇、成為同樣的人吧。」我說，心底因為想到李敏澤與墮胎的事情，而隱隱作痛。

「表情這麼悲傷，就不用勉強自己回答了吧。」游健動說，然後指指小綠人，溫柔地表示我們可以前進了。

「悲傷不悲傷好像也不是重點，我只是深深相信自己做下的選擇都是最好的，就算得到的結果很糟，也是因爲做選擇的時候已別無選擇，畢竟當時的我就是做不到啊，或是當時的我也就只能這樣做了。我比較不會去想，自己過去要是能怎樣怎樣就好，這樣想太痛苦了，不過，我也覺得『該怎樣未來才會如何如何』這類話題，也很讓人困擾就是了，未來的事誰會知道呀，哈哈。」

「說得也是，看來妳已經想過很多次了呢，思考這麼縝密。」他說。

這句話由其他人來說，會變得有嘲諷意味，自游健動口中冒出時，則傳達出一種完完全全的體恤感，甚至還差點讓我會錯意，以爲他在心疼我。

「平行時空的我啊，應該也是這樣吧，穿著這種風格的衣服、背這個包包、穿這一雙鞋，鞋子磨損的部位和程度也會和我現在穿的這雙完全相同，然後，我們都會在一樣的時間，與不同時空的妳見面。」

「這樣子的話，不管哪個時空，好像都不會太糟呢。」我笑著回應，覺得身體被一陣暖流沖過。

如果沒有遇到李敏澤，如果沒有和李敏澤戀愛，如果沒有和李敏澤交往，如果沒有拖到那麼晚才離開他，我就不會因爲曠課太多而延畢，也就不會和游健動這麼親近吧，甚至永遠不會遇見他也說不定。

「就算另一個平行時空的妳，身分和過的生活與現在截然不同，我也一定會想認識妳的吧。」游健動像是聽見了我心裡的話，這樣說。

「你怎麼能這麼確定？」

「因爲這個時空本來很不想再戀愛的我，對妳一見鐘情呀。」

44 我明白的游健動

「啊……抱歉，太早說出來了啊。」游健動蹲在街角，難爲情地揉著自己低下的頭。

「我本來想說，至少等到今天看完表演，再問妳有沒有喜歡的人，結果不小心就講出來了。」他說。

一旁的路人好奇地注視著我們，我一開始還感到困窘，後來才發現，原來離我們大概一公尺處，有個表演者正抱著一把木吉他，正在調整待會將用到的表演器材，神色有些緊張且興奮。

「你說了一些好像〈前前前世〉歌詞的發言呢，噗，竟然還說，是這個時空的你。」我笑出聲，惹得游健動更難爲情。

「新海誠是很棒，但我還是細田守派的。」他繼續蹲在地上，好像站起來也不是，繼續蹲著也很奇怪。

「我也是。」

我也跟著蹲下，注視著游健動的雙眼，猶豫了一下，才終於說出口，「我也是，第一次見到你時，就覺得你很特別。」

說出這些話的同時，有好多關於過去的影像，從我的腦中掠過。像是我趴在吳家維背上，看著他熟悉的後腦勺，以及坐在他機車後座，從後照鏡看到他的眼睛；當然，還有剛喜歡上李敏澤的時候，所看見的世界，那時我感覺自己所看到的世界，好像全是嶄新的。

和喜歡的人一起看的電影，不是一般的電影。

和喜歡的人一起看的表演，不是一般的表演。

和喜歡的人一起走過的街道，也再也不會是普通的街道了。

不管這段感情會不會有結果、過程會發生什麼，它都一定會改變我的想法，一定會重新塑造我的價值觀，一定會讓我在短時間內，快速學會以不同的角度審視世界。

而我們一起留下的回憶，裡頭也注定會有「我們」，往後回想起那部一起看過的電影，我永遠都會記得，當時和對方在開演前一起吃了什麼、看完後聊了什麼吧，導致我的狀態變得如此脆弱，無法拒絕地，把關於對方的很多事情，深深地刻進腦海。

我記住了很多痛苦、很多讓人感到恥辱的事，但是，我的記憶裡也有吳家維、劉優，以及某些時刻非常溫柔的李敏澤。

我們身邊的演出者開始演奏，我和游健動靜靜聽著。

或許游健動正在分析我那個曖昧的答案，或許他判定自己將被我拒絕，而我則是還在想著要怎麼述說，要怎麼告訴他，我不怎麼喜歡自己，我也害怕著未來，但是，如果未來有他的話，一切好像都不會那麼可怕。

我的模樣有你的張望
我的思量是你的床
我一直明白要和你走一段

〈模樣〉詞／曲：張懸

演出者彈著木吉他，溫柔地唱著張懸的〈模樣〉。

我蹲累了，輕輕拉了拉游健動的袖子，問他我們站起來好不好。

「我其實一直明白，自己想要和你走一段。雖然我過去經歷了一些不好的事情，雖然我根本沒有你想像的那麼好，那些以後我會慢慢說給你聽的，我現在只想說，我不想錯過你。」我踮起腳尖，在游健動的耳邊說。

他輕輕地抱著我的肩膀，摸摸我的頭。

「無論如何，妳都會和我想像中的一樣好。」游健動說，「因爲我不曾想像妳應該要怎麼樣，我只想認眞地認識妳是什麼樣的人，爲什麼會讓我這麼喜歡。」

演出者還沒有唱完這首歌，我和游健動依偎在一旁，彼此都有了共識，認爲這個瞬間太過美好，這首歌我們必須聽完。

45 我沒放開的游健動

游健動說，他不曾想像我應該要怎麼樣，聽他這樣說，反倒讓我頗爲心虛，畢竟，我是因爲對他有非常多的想像，是因爲他的出現如同我的想像，我才會對他有這麼多的期待，並因此有了安全感，進而願意去嘗試。

「所以，我們這是開始交往的意思嗎？」游健勳問。

我們繼續趕往下一個演出場地，剛說完那麼多的話，我們兩人都有些尷尬。

雖然還是會覺得，這樣的進展有點太快，但好像也沒有別的做法。或許我腦中那些「沒有更好的選擇了」的選擇，其實都不一定是唯一，也不一定是最好，只是就算換了個時空，就算時間能夠重來，我大概還是會出於衝動，做出同樣的選擇吧。

「我覺得是，你呢？」我問。

「我也覺得。」

游健勳此時此刻，和我一樣，都是站在台下的人了。他出乎意料地笨拙，舉止透露出一股生澀，讓我更加安心、踏實，不會覺得自己位居下風。

有人說告白是小孩子才會做的事情，但我不怎麼介意，就讓我當小孩子吧，如果說李敏澤那種曖昧不明、贏者全拿的局面，才是成熟的情感競合，那麼，就讓我像陷入初戀的國中生那樣，去進行一場少女漫畫才會有的戀愛吧。

一見鐘情，這個老派用語在我心中迴盪好久。

以一個二十幾歲的人來說，這個詞似乎算是幼稚了，然而我選擇相信眞有這一回事，或許長到這個歲數，自然而然就會知道，哪個人終究會讓你無法拒絕地喜歡上，雖然年紀更大一些的時候，會明白，就算有讓你想奮不顧身的人，你也最好不要爲他奮不顧身。

我們或許幸運地在不用多加努力的情況下，就遇上了喜歡的人，並決定談場沒有什麼阻力的戀愛。很幸運啊，很幸運啊，不管之後會變得如何，此時此刻，我都是最幸運的，這是我二十幾年人生中，其中幾個最幸福的時刻。

游健動漸進式地牽起我的手，先是手指觸碰，再是掌心疊合，我很意外，他竟然與我十指緊扣，他的食指焦慮地輕輕磨擦我的手背，幾乎快要讓我以爲，這是他第一次戀愛。

對了，我連他過去談過什麼戀愛都不知道，就這樣和他交往了；而他也同樣不知道我的經歷，這讓我感到公平，並偷偷相信，若要比較陰影與創傷，我不可能會輕易地輸給另外一人。

在藝術創作的世界中，悲傷成爲奢侈品，好像你活得越悲傷，就能創作出越好的東西，但我覺得並不是這樣，至少對我來說，太過悲傷的時候是無法創作的，太過悲傷的時候是無法做任何事的，那是只希望自己消失的時候啊。

牽著游健動的手，就好像牽著另外一個仍有未來的自己，他似乎帶來轉變的可能性，或者說是必須要做出改變的壓力，爲了這個人，我至少需要在和他共處時，用一個正常人的方式快樂與痛苦，如同我對自己的期待那樣，我要以一個沒有受過重傷的人的姿態活下去。

和一個人牽手，好像李敏澤不曾在別的女生面前甩掉我的手；和一個人擁抱，好像李敏澤不曾在擁抱時對我說些卑劣的話；和一個人親吻，好像李敏澤不曾不聽我的拒絕就壓在我身上；愛一個人，好像深愛上一個人，不曾帶給我足以毀掉人生的傷痛。

或許我並沒有這麼喜歡游健動，我知道事實很有可能就是如此，我只是想要一個改變的轉捩點，我想要感受另一個人給我的愛，我渴望有另一個人出現，然後他會用不帶有惡意的方式愛我，這樣一來，我就能眞正走出來，眞正變成喜歡自己的人，並原諒自己，且學會愛，如何正確地愛。

看著對我微笑的游健動，我也對他示以微笑。

但願我能用你想要的方式，認認眞眞地愛你一回，我心想，然後握緊了他的手。

46 我一起回家的游健動

很快地，音樂節到了尾聲，我想看的團被安排在最後演出，我和游健動拿著攤販賣的熱壓三明治和奶茶，站在人群後面，打算悠哉地看表演。

喜歡輕快的旋律說出悲傷的話，這是我喜歡這個團的原因。

我站在台下，咬下一口加有橄欖的三明治，拉出一條長長的起司，轉過頭發現游健動正在笑我。

「最後一首歌，〈shy song〉！」

「啊，這是我最喜歡的一首歌。」我對游健動說。

今天我不回家
我送你回家
整夜一直走　星星整夜爲你綻放

〈shy song〉詞／曲：徐子權

感覺到心跳被吉他音色勾走，要飄向遠方的時候，又被有自己表情的bass拉了回來，在現實與夢幻中飄飄蕩蕩，我搖搖晃晃。

「欸——」

雖然早就預料到，主唱即將拋出這個長音，但眞的進到耳裡時，整個身體還是揪了一下，揪一下然後馬上鬆開，進入一種接近興奮且暖和的心理狀態。

歌曲快結束時，我才有餘裕偷看游健動的反應，發現他如剛才的我一樣，身體早已被音樂蠱惑，隨著音樂晃動了好久。意識到我們能夠對同一首歌有所共鳴，讓我覺得，或許我們眞的非常適合也說不定。

我們隨著人潮離開，今天來這裡的人，大多衣著休閒，但不知道爲什麼，各個都具有自己的特色，而每個人的特色，都成了塑造節慶氛圍的原料之一。我主動牽起游健動的手，他也溫柔地反手扣了上來。

穿過一條攤主泰半已然離去的街道，心中難免有幾分落寞，但方才所感受到的一切，並不會隨之消失。

潮州街的一條巷口，掛滿廟宇的紅燈籠，我一直很喜歡這個路口，覺得它像電影《神隱少女》一樣，有種神祕感，好像在說，這世界上還有很多我不知道的事情，我看到的可能只是膚淺表象，一切的一切，在背後都有另一個更有趣的版本。

「我送妳回家吧。」游健動說。

我這次答應了。

回家路上，我問起游健勳談過幾次戀愛，他給了個非常平凡甚至平庸的數字，而我秉持必須誠實以待的堅持，老老實實地告訴他，我和李敏澤的過去。悲傷的事情，可以用很簡單的方式說，我幾乎是以列點陳述，不帶任何額外情感，也不特別形容自己內心感受地說完。

只走了不到一半的路，我就講完影響我好幾年的痛苦，游健勳不插話也不趁空檔說話，只是一直聽著，一直聽著。

講到最後一點，告訴他我是怎麼被吳家維和劉優帶回來時，我想到這個「帶回來」，是物理上也是精神上的，就好像去冥界把至親的靈魂找回來一樣，他們兩人不只帶回物理上的我，也花了快兩年時間，藉著一次次的對話與包容，慢慢把我拉回來，讓我重新對生命有所感覺，且願意試著過生活。

說到我坐在吳家維的機車後座，說到劉優如何堅持把那張桌子丟掉，游健勳停下腳步，摸摸我的眼角，我才發現，原來我哭了。

「辛苦妳了，不要再苛責自己了。」他說。

是啊，我知道，聽到對方發生這種事情時，能說的話也不過這幾種，他話語間的愛意與憐憫也非常足夠，然而我就是覺得，他的回應少了些決定性的什麼，但是這又有什麼重要呢?他的回應,已經讓我寬慰一些,至少他沒有問什麼讓我不舒服的問題,或是轉身就走,他一直牽著我的手。

「抱歉,不小心就哭出來了,明明我已經很久沒哭了。」我說謊。

「哭出來是好事。」他說。

我接著問他各種生活小事,問他去過哪裡玩、最喜歡哪個作家等等,諸如此類的問題,他也善解人意地回答每個問題,他大概明白我不能沉溺在剛剛的情緒太久,於是陪我演一場戲以轉移話題。

面對他人的悲傷,最好的回應,或許眞的就只是陪伴與沉默,這兩者,游健動都做得很好。

目前,除了他之外,還沒有其他奇幻的什麼閃亮亮地出現在我的眼前,不過我卻已經可以想像,會有一天,星星整夜都爲我綻放。

47 我撞見的吳家維同學

送我到這裡就好了，正當我想對游健動這麼說時，坐在巷口台階上的吳家維抬起頭，注視著我和游健動。

「他是吳家維，這是游健動。」不知為何，空氣凝結了幾秒鐘，我趕緊介紹他們兩人認識。

「嗨，原來你就是游健動，久仰大名。」吳家維舉起拿菸的那隻手致意。

「哈囉，我剛剛才在聽雅竹講你們的事情，聽說你之前拍了很多片，很厲害呢。」游健動禮貌性地開啓話題，試圖拉近距離。

「不，我算是還好而已，這個人寫的劇本才厲害呢。」吳家維指指我，「很可惜她好久沒寫了，你要多鼓勵她喔。」

「咦？原來妳之前寫過劇本，怎麼沒跟我說？」游健動驚訝地問，看來他對劇本很有興趣，或是對一個會寫劇本的女朋友很有興趣。

「呃……就覺得沒什麼好提的，都那麼久沒寫了，之前寫的也不怎麼成熟。」我打算隨便帶過這個話題。

吳家維露出帶著惡趣味的眼神，旁觀我和游健動的互動，本來想說什麼卻欲言又止，似乎是想趁機損我，又被他塵封已久的良心所阻止。

吳家維今天穿得很像拍片的人，一身黑，沾到灰塵也不在意的黑T，以及稍微淋到雨也不會怎麼樣的寬簷漁夫帽，吐煙的方式在今天還多了分挑釁。

「我們就住在這邊數過去的第三間，門口停著一台野狼125那間。」我想趕緊終止這詭異的氛圍。

閒聊了幾句，約定好再聯絡，我揮手向游健勳道別，感謝他今天送我回來。

「進展得很不錯嘛。」吳家維點起新的一根菸。

「你幹麼這麼有敵意啊？」我有些生氣。

「哪有？我又沒有說什麼。」

他說得也是沒錯，我一時找不到別的證據來反駁，只好悶悶地跟他借根菸抽。

「妳還不想在他面前抽菸對吧？」吳家維調侃。

我不說話，沉默地抵抗這個問題，不明白吳家維今天怎麼特別刻薄。

「我跟他開始交往了。」我說。

「眞假，沒想到會這麼快。」

「畢竟某人一直嫌我浪費時間嘛，我就想乾脆從談一場戀愛開始，好好過生活！」我開玩笑地說，試著緩和氣氛，沒想到好像造成反效果。

吳家維並沒有回應，好像忙著在想只有他知道的事情。我抽完跟他拿的那根菸，見他沒有繼續聊天的打算，於是悻悻地起身，想要自己先上樓。

「我六月底就要去德國了。」吳家維拉住我的手。

他的手有點用力，讓我感到一絲害怕，連忙抽回手。他淡淡地說聲抱歉，我說沒關係，但偷偷感到意外，原來他也有這麼粗魯的一面，以及，他要去德國？什麼時候決定的？

看著我因驚訝而扭曲的表情，吳家維笑出聲來，他的臉變回我習慣的模樣，聲音卻比以前還要柔和。

「妳也知道，我一直想去歐洲念電影。」

「嗯，我知道。」

「去年在工作場合認識一個大學學長，他有朋友在德國開工作室，學長那時就提到，或許有機會的話能介紹我過去。」吳家維用平淡的語氣說出他對未來的規劃。

簡單來說，他正準備報名當地的學校，也希望能順利拿到德國的工作簽，有了學長朋友的幫忙，這個目標就變得容易實現不少。他正努力地讓他的理想生活成眞，而他的理想生活，在一個離我很遠的地方。

「但你不會說德文吧？」

我和吳家維大一曾一起修過法文課，他當時非常認眞，現在想想，他打從一開始就想去歐洲吧。

「其實我已經學了一陣子，去年也考過檢定考試了。」

吳家維像是做錯事的小孩，下午在家打破花瓶，驚慌地把碎片藏在沙發底下，晚上卻還是被爸媽發現了，只好在客廳罰站、接受質詢，而我就是那個質問他的大人。不，這樣形容也不夠精準，應該說，吳家維就像是愛上另一個人的男朋友，有天他受不了欺瞞的罪惡感，決定向女友我本人坦承一切。

不過女友我本人，非常能夠理解，畢竟他是那麼地深愛電影，電影就是他這個人的核心，他的性格就是在一次又一次的觀影經驗中，逐漸成熟的吧。

「爲什麼都沒有告訴我？」我能問的，也不過就是這一句話。

「我不想太快給妳下一個負擔，我不想讓妳覺得很快就不能再找我幫忙，所以……」

「瞞著瞞著就找不到開口的時機了，對吧？沒關係，我理解的。」

我尷尬地拍拍吳家維的肩膀，想要擺出笑容，卻不能確定那笑容看起來是否自然。

就算是吳家維，也總有離開的一天，我知道的，我對自己說。

48 我即將道別的吳家維同學

「妳知道吳家維要去德國的事嗎？」

我傳訊息給劉優。

剛才在樓下，我和吳家維已經沒有任何可以說笑的空間，害怕我的失落太明顯，我找了個無關緊要的理由獨自先回家。

我把自己關在房間裡，繼續賴在床上，聽說我枕頭旁邊牆壁上的這塊破損，是前一個房客Randy和吳家維在床上扭打所造成的。

「你們當時爲了什麼起爭執？怎麼會弄成這樣？」劉優問。

當我要從劉優的房間，搬到Randy住過的房間之前，劉優仔細地爲我檢查過那間房間，那時我的精神已經恢復不少，但還是時常會陷入恍惚。

「我只是要……阻止Randy做蠢事而已。」吳家維不情不願地說。

「我想吳家維應該是很想跟我做某些不能說的事情吧。」Randy調侃。

「你這傢伙，要滾快滾啦！」

劉優聳聳肩，對我做出一個「眞是受不了啊」的表情。

「Randy要搬去跟男朋友一起住啊……」我說，注意到Randy的眼眸漸漸散發出幸福的光彩。

「是啊，我很希望每天早上醒來都能看到他。」Randy說。

劉優和吳家維同時打量我的神情，應該是擔心我回想起那段與李敏澤同居的夢魘吧，而Randy也因爲他們兩人的反應，跟著臉色略微怔忡了起來，似乎也擔心自己是不是說錯話了。

「眞是太好了，會很開心的吧！」我說。

「是啊，我也這麼覺得，雖然他房間很亂，哈哈，就看我能撐多久囉。」Randy像是悄悄鬆了口氣。

「你自己的房間也很亂啊，你看，還有一件內褲掉在衣櫃後面。」吳家維抬腳指了指地上那團暗紅色的布。

「好噁心喔！」劉優驚呼。

「……這大概是我男友之前過夜時留下來的吧，他說有留小驚喜給我，我一直沒找到。」Randy毫不留情地去客廳拿掃帚，硬生生地將他男友製造的浪漫，掃進垃圾桶。

「這應該是穿過的吧？」我說。

「妳就別問這麼多了，嘿嘿，妳也沒發現吧，吳家維前陣子也有留驚喜給妳喔。」Randy想了一下，還是把內褲從垃圾桶撿起來，說要當作和男友吵架時的物證，找出透明夾鏈袋把它封裝起來。

「咦？什麼驚喜？」我問吳家維。

「冰箱冷凍庫裡有妳喜歡吃的冰淇淋啦，用便利商店的點數換的。」他說。

於是，印象中我就捧著一碗冰淇淋，目送Randy笑容滿面地坐上他男朋友的機車離開。

我盯著Randy在牆壁上留下的那塊破損，想著或許該找一天把它補好。

打開Randy的IG，最新上傳的照片應該是男朋友爲他拍的吧，眞是太好了，看來他們過得很不錯。

「我知道，我以爲他早就跟妳說了。」

手機螢幕上方跳出劉優的訊息，語氣冰冰冷冷的，讓我有點害怕，或許她也已經有了確定的人生規劃，或許只有我的人生停滯了。

但我已經那麼努力往前了啊。

萌生了這個念頭後，我才想起游健動的存在，剛剛忙著想吳家維的事，竟然把他的訊息放了這麼久，也沒有問他到家了沒。

游健動傳來的訊息，一如他的興趣所在，充滿了文學性。

「不好意思，今天可能嚇到妳了，都是因爲我太笨拙的緣故，我還有很多想說的話，還好我們有時間可以慢慢說。」

儘管是在通訊軟體上，游健動想要認眞說些什麼的時候，還是會好好地使用標點符號，這個小細節讓我覺得好可愛。

看著這麼可愛的他，我心底湧出一股無法收尾的愧疚感，被這麼可愛的人喜歡的我，竟然忙著煩惱別的事，就忘了在交往的第一天好好和他說說話了。

我連忙模仿他的語法和標點符號，傳了同樣正經的訊息給他。他發現了我的模仿，害羞地要我別這樣了，然後開始閒聊。

「打字有點太慢了，要不要講電話？」

看著這則訊息，和游健動正在交往的現實感越來越濃，我感到非常不可思議，突然不明白，爲什麼這樣子的我，突然又談起了戀愛，在差不多要入睡的時間講電話，好像漫畫和連續劇中，情侶常做的舉動。

或許也可以和他聊聊吳家維、聊聊我的未來規劃，或是其他我常常在想卻總是想不到結論的事情，我渴望聽見游健動更多的意見，又或者是，渴望聽見他說話的聲音，不管他說的是什麼。

回訊息說好後，才過了幾秒鐘，我就接到游健動用Messenger打來的電話。

49 我早就見過的健太郎同學

「要睡了嗎？」他問。

「還沒呢，現在睡對我來說太早了。」

「說得也是，常常凌晨兩、三點還看妳在線上。」

「唉，還是大學生的作息。」我調侃自己。

「那妳現在在幹麼呢？」

我老實告訴游健勳，我其實什麼也沒做，就只是躺在床上想事情而已；在他的關心下，我也慢慢告訴他，吳家維要出國、我未來的規劃等，種種最近體驗到與一直困擾著我的煩惱。

「聽起來，吳家維一直是督促妳的存在。」他冷靜地分析，「或許你們暫時改變一下互動模式，對彼此都有好處，他需要去追求他想要的東西，而妳也要去找妳想追求的東西，不是嗎？」

「是這樣沒錯，但就是……」我欲言又止。

「妳會有點捨不得，對吧？」游健勳接著把話講完。

「雖然和他只是朋友，可是我們也是好幾年的朋友，他對我來說有特別的意義，畢竟共同經歷了那麼多事情。」

「我理解的，不用緊張，也不用特別向我解釋。」電話另一頭的游健動，語氣好溫柔。

「可以問你一個問題嗎？」我說。

「請問。」

「你爲什麼會想和我在一起呢？一見鐘情這個理由太夢幻了，我一時無法相信。」我極力用輕鬆的語調，問出這個很有可能令我們兩人受傷的問題。

如果游健動給的答案，不是我想聽的，那會不會減損我對他的喜歡？又或者，他在回答這個問題的同時，重新審視了我這個人，會不會就發現他其實並沒有這麼喜歡我呢？

我眞是自找麻煩啊，但我還是想要聽他說。

意識到自己正在從游健動那邊汲取自信，就覺得對他有點抱歉，可是我是這麼地需要反覆聽到對方說他愛我，並聽到他細數他愛我哪些部分，或許爲了他的愛，我能夠不要改變。

「其實我們兩年前就見過喔。」游健動說了個令我意外的答案。

「咦？什麼時候？」

「我有去兩年前的『搖滾辦桌』，妳當時站在舞台前，而我站在離舞台比較遠的地方。」

我安靜聽他說話，因爲不知道接下來會聽到什麼，而緊張不已。

「那時候台上的樂團往台下撒了他們的貼紙，台下的人搶成一團，妳好像爲了撿貼紙而跑到我面前。妳看起來流了很多汗，我或許是用一種關懷的眼神看向妳了吧，但是卻讓妳會錯意了。妳明明撿得那麼辛苦，卻還是把手上唯一一張貼紙塞給我，然後馬上就跑開了，一副很快樂的樣子。」

仔細回想，的確有這麼一回事，不過當時我其實撿了兩張貼紙，一張是爲自己，一張是要給晚點才會來的吳家維，而當我發現有個男生好像也很想要貼紙的樣子，就把自己的份給了他。

原來那個男生就是游健動啊，原來我們這麼早之前就見過面了。

那個存在於模糊印象中的游健動，是個可愛又清爽的男孩子，給他貼紙前，我偷偷看了他好幾眼，以致於對他的眼神和表情產生了誤解。搞不好，我腦中健太郎同學的形象，其實是來自游健動也說不定，這麼一來，也難怪前陣子在公車上與他巧遇時，我會認爲他完全符合我對健太郎同學的想象。

原來我這幾年都在想著你嗎？

「我當時還在念商學院，雖然別人聽到都會『哇』一聲，說台大商學院的學生很厲害、以後一定會很有成就之類的，可是我念得並不快樂。每當我覺得自己不快樂時，我就會羨慕妳，我那天看見的妳，是那麼地快樂，並且勇於分享妳的快樂。這就是我那天在公車上，會這麼尷尬地跟妳搭話的原因，哈哈，應該嚇到妳了吧，眞的很抱歉。」

「不用道歉、不用道歉。」我急忙說，畢竟那對我來說，已經是改變生命的重要事件了，因爲他主動跟我搭話，我才會開始思考，什麼時候才能再讓人進入我的生活，什麼時候才能和所愛的人一起生活。

「不過我已經不是你當年在『搖滾辦桌』時看到的人了，你應該也感覺得到吧？」我問。

「那並不那麼重要喔，妳開朗的一面、容易想起創傷的一面，都是妳的一部分啊，幾次跟妳聊天之後，我也慢慢喜歡上妳迂迴的思路，也漸漸喜歡妳看起來正在想事情，卻永遠想不完的樣子。快樂很好，但快樂的人並沒有什麼了不起的，我是這麼想的。不管是什麼樣的妳，我都還不瞭解，所以請多跟我說一點話，讓我更接近『瞭解妳』一點吧，不論是什麼樣的話都可以唷！」游建動說。

「這樣啊……」聽游健動說出如此成熟又包容的話，我除了這種生硬的回覆，也沒有其他話好說。

現在我的背後已經有游健動了，當我墜落的時候，他一定會接住我，讓我不至於墜落太多。

「你想看我以前寫的東西嗎？」我問。

這一個人，帶給我前所未有的勇氣，而我必須，用盡我所能想到的所有方法，給這個爲我帶來幸福的人，一點幸福才行。

50 我的朋友吳家維同學

傳給游健動劇本檔案的隔天，他就傳訊息跟我分享感想。

這些這麼不成熟的作品，竟然被他認眞讀完了！這個想法讓我非常害羞，就好像身體上的祕密疤痕被曖昧對象看見一樣，然而，以前寫的劇本並不是我的疤痕，就算是，也該是一種勳章或青春的證物才對，而游健動現在也是我最親密的人，我該漸漸地學習，對他有限度地坦白。

剛上大學時寫的劇本，蘊含了青春期的我對人生的想像，這些想像現在看來也許不切實際，但它的不切實際，也是作爲歷史遺跡的珍貴之處。

出房門時，難得遇到正在吃早餐的吳家維，我有些不自在地跟他打招呼。

「今天怎麼這麼早？」我問。

「等一下要去工作。」他拍拍身邊的隨身小包，他出門拍片時總是背著包。

生硬地閒聊幾句後，我不甘話題就這樣尷尬地結束，硬是在他旁邊坐下，但又不知道該如何開口，或是要說什麼話，我們才能回到平常的互動模式。在今天之前，和吳家維聊天總是非常愉快呢，我現在才發現，原來和他說話讓我這麼有安全感，眞的曾經說什麼都可以。

「對不起，沒有跟妳說我要去德國的事情。」吳家維應該也是經過一番考慮，才決定長驅直入地開口吧。

「沒關係，是我要道歉才對，聽到了這麼棒的消息，卻沒有好好祝福你。」我說。

是啊，對吳家維來說，出國留學和工作，是他夢寐以求的目標吧。有次發現他戶頭裡有滿大一筆款項時，我好奇地問他是爲了什麼存錢，他也是毫不遲疑地回答，他想要出國念電影，甚至在國外工作。

並不是想要離開台灣喔，當時他補充，僅是覺得自己視野太過狹隘，想要去那些導演曾待過的地方看看，想要和不同文化背景的人交流看看，也想試著適應別的生活方式。

「你說過，你很確定地知道，自己一直待在台灣會變成什麼模樣，所以才想要出國，想要看見不一樣的、超乎想像的自己。」我回憶起他曾說的話。

「妳竟然還記得啊。」

「你說的話，我都有記得啊。」

「哇，我好感動。」吳家維一如往常地，開始以不認眞的語氣說話了。

「這是當然的啊，你對我來說那麼重要。」

我跟著他隨口玩笑一句，卻換來他認眞的眼神，好像在期待我說下一句話，可是我並不知道自己該說什麼。

「妳對我來說也很重要。」遲遲等不到我開口的吳家維，吐出這一句話，而他嚴肅不到幾秒，馬上又開始說起玩笑話，「不然我大學很多課，都不知道要找誰同組了，還好有妳，我才能順利畢業。」

「應該是我要謝謝你才對，我大四好多課，都是你幫我蒙混過關的，如果沒有你，我大學不知道要念幾年。」

「這是應該的嘛，因爲是……朋友啊。」

「朋友」兩個字在他口中延遲了幾秒才被說出，這個延遲所代表的意義，在我們兩人心中無限放大，是某個時代的終結，輕輕地，關上了專屬於某個時期的門扉。

「我會很想念你的，你是我至今最重要的人，不管你去到哪裡，你對我曾經這麼重要這件事，都不會改變。」我盡量以柔和且輕巧的語氣對他說，「好了，再來就要討論你的歡送會囉，我們三人之前說要一起旅行，卻一直沒有行動，該好好把握時間了。」

然後，我不怎麼專心地和吳家維說聲再見，聲稱自己要去上課，但其實卻是什麼東西都沒帶就衝出家門。

四月的天空非常漂亮，既沒有強烈的太陽光，也沒有冬日的陰暗，又比初春時節還要活潑，我漫無目的地在附近散步，想著有天回家也見不到吳家維，心裡就有一塊地方漸漸崩毀。

「那個人在哭耶。」

路過的母親，制止她年幼的孩子大驚小怪，行走之間恰到好處地，繞過正在哭泣的我。

四月的天空，並沒有安慰我。

51 我第一次看見的鴨子

「所以說，今天是你們交往後第一次約會嗎？」劉優驚呼。

「是、是可以這樣說沒錯啦。」

今天碰巧能夠和劉優一起出門，變得越來越忙碌的她瘦了不少，也成熟了不少。

「假日也要出門開會，眞的很辛苦呢。」我爲她按摩越來越僵硬的肩膀。

「沒辦法，客戶說他們就只有今天有空，主管問我想不想去觀摩，我當然就答應了。沒有別的想法！就只是很認眞地想了解怎麼跟客戶談判而已！」劉優自顧自地害羞了起來。

「我覺得這樣子的劉優很可愛。」我用力一按，害她在捷運上叫出聲。

「妳幹麼啦！」她生氣也不是、羞澀也不是，表情不斷變化，非常複雜。

「覺得妳這樣子好棒喔，第一次看到妳會自己把工作上的事情想歪。」

「就算和妳聊到這些，但我工作時只會想工作的事。」劉優又恢復大家閨秀的姿態，嚴肅地對我宣誓。

「知道啦、知道啦，妳是我見過對工作最有熱忱的人了，才不會懷疑妳呢，不過妳的肩膀，實、在、太、硬、了！」

我用力一按，劉優痛得從座位上跳起來，本來想開口罵我的她，卻在與我四目相交後突然改變了語氣。

「今天的妳，看起來很開心呢，也有認眞地好好打扮，不再是一副隨時都想逃回家的模樣。」她認眞打量我，「不過妳的眼妝暈開了。」

「咦？眞假？我明明確認過好幾次了耶。」

「妳是要到市府站對吧？還有三站，我幫妳重畫吧！」劉優掏出她的化妝包。

果然是主題曲爲〈多想將一切做得完美〉的完美小姐啊！我偷偷在心裡感嘆，但劉優對完美的莫名堅持，又讓她不那麼完美，而是讓她偏執得可愛，更討人喜歡。

我閉上眼睛，把自己的眼皮無所畏懼地交給劉優老師。

「好了，這就是神仙教母給妳的祝福。」

劉優舉起化妝鏡對著我，鏡中的我眼妝完美，眼妝的色調甚至和腮紅、口紅更合了。

「妳今天說話的方式，怎麼這麼像吳家維啊？」我笑問，並大肆稱讚了她的化妝技術一番。

「說到吳家維，你們兩個還好嗎？」

「還可以吧，並沒有哪裡不一樣。」

「是喔。」

「還是說，妳覺得我們會怎麼樣嗎？」

劉優欲言又止，而我剛好到站，只好倉促地向這位神仙教母告別，任她繼續搭著捷運馬車前進。

和游健動的第一次約會，又約在松菸文創園區的電影院了。

踏上曾經踩過的石頭步道，瞬間有種恐懼沿著我的雙腳，一公分、一公分地爬上來的感覺。

沒問題的，我已經不是過去的我了，一次又一次，我對自己說。

當初走這條路赴和李敏澤的第一次約會時，我是那麼地開心。或許人生最討厭的一點，就是一段關係裡總是有好有壞，即使壞的部分足夠毀掉一個人，還是有好的部分存在，這一個道理我早就體悟，並且不停地告訴自己，好的部分無法從壞的部分獨立出來，有太多時候，就是因爲一切都太壞了，那些偶爾的吉光片羽才會如此美好。

準備見李敏澤的，還非常年輕的我，想必是第一次體會到，愛一個人而產生的幸福吧，因爲愛他，所有事情都變得簡單，就只要繞著那個人轉就好，看他開心，我就會比什麼都要快樂。

沒問題的，這幾年我理解了很多事情，也一定長出了堅強的心臟，痛苦與悲傷，以及愛另一個人所帶來的各種情緒，我都能承接下來吧？

走過石頭步道，那片湖又出現在我面前，我已經好久沒有這樣勇敢地看著它。

那是我最幸福的時候了吧，回想起和李敏澤的第一次約會，第一次碰到他的手，第一次覺得自己的靈魂能和另一人交集，第一次發現自己或許可能被愛，都是第一次啊，所以最幸福了。我盯著這片湖，鴨子們把握機會出來曬太陽，遊客們趴在欄杆前，指著鴨子說好可愛啊。

我忍不住笑出聲來，當時的我顧著想李敏澤，竟然都沒有好好看過鴨子。

52 我最喜歡的健太郎同學

約定的時間就快到了，我站在誠品百貨的門口等游健動，他說他剛下公車，我要他慢慢來。閒著沒事的我，低頭上傳剛剛拍的鴨子影片，上完之後傳到IG限時動態上。

「潘雅竹？」

一開始，我並沒有發現他叫的是我的名字，我只是聽見他的聲音，那個我聽了好久，失眠時還會聽到的聲音。我不敢抬頭，想要直接離開這裡，卻又怕他追上來。一聽他喊我的名字，我就動彈不得。

「好久不見了耶。」他說。

有沒有人可以來救我？我想要喊出口，想要大喊「救我」、「拜託幫助我」，卻連氣都喘不過來，身邊明明有那麼多人經過，鄰近的自動門反覆地開開關關，但我就是叫不出聲，只能低頭盯著他快要穿爛的帆布鞋。

「怎麼了？」他又用那溫柔的聲音對我說話，這個聲音已經令我恐慌。

看著他的帆布鞋越來越接近我，除了淚腺外，我全身沒有一個部位能夠正常運作，好希望健太郎同學來救我，我又開始在心底召喚根本不存在的健太郎同學，我最喜歡的健太郎同學，如果這是漫畫的話，他一定會出現的，如果這是電影的話，他一定會在我腦中告所我該怎麼做。

然而處在現實的困境中的我，手足無措。

我已經不是過去的那個自己了。我把這句話當作咒語，一次一次默念，李敏澤越來越靠近，短短幾秒鐘的時間，變得好漫長。我必須要對他開口，我必須要立刻拒絕他，我必須、我必須，想了很多但我說不出口，無法控制地，我又想以事發太過突然爲藉口，繼續被他的氣勢壓過。

又是這個人啊，爲什麼我好不容易好起來了，你又出現了呢？我要繼續讓這個人破壞我的生活嗎？今天應該是和游健動約會的日子啊！

我眞的想要就這樣輸給他嗎？

我雙腳開始發抖，還是低著頭。

好對不起游健動，都決定和他戀愛了，卻還是無法解決來自上段感情的恐懼，游健動、游健動他可是……

「妳就直接承認，那是一見鐘情吧，剛好妳的天菜咻地掉下來，將落在妳的身邊。潘雅竹，妳要好好珍惜喲，搞不好是老天爺爲了補償妳，特別派來的天使。」

是啊，游健動搞不好眞的是命運給我的祝福也說不定，是命運給我的里程碑，要我忘掉眼前這個人。

我想起吳家維說過的話。

吳家維，他的背影從我的眼前閃過，那個雙腿夾著黑色垃圾袋，騎車載我離開李敏澤的吳家維。

「你怎麼知道？」記憶中的我挑釁地問他。

「因爲我就是老天爺第一個爲妳派下來的天使啊。」他說。

啊，天使是嗎？還眞的是呢，回憶裡吳家維輕佻的笑話，讓我放鬆了些。能遇見你眞是太好了，能繼續和你做朋友眞是太好了，你爲了我戰鬥過吧，我暫時做不到其他讓你更加幸福的事，那麼，如果我今天也爲自己戰鬥了，你是不是能更放心地去德國做你想做的事情呢？

我眨眨眼睛，握緊拳頭，想到今天在捷運上劉優幫我化妝，想到我幫她按摩的手已經非常有力。

可以的，有過他們兩人的陪伴，我一定變得更加強悍了。

出聲吧，潘雅竹，這次我不再是只對自己說，不再只在心裡說。

「離我遠一點。」

我的聲音，我說出口的聲音，成功阻止那雙帆布鞋前進。

我想鼓起勇氣看鞋子主人的臉，但我的視線早就模糊，模模糊糊地看到他穿好幾年的卡其短褲，模模糊糊地看到他穿我們約會時買的夏威夷襯衫。

模模糊糊地。

「你在幹麼！」

有個聲音從遠方傳來，那聲音讓帆布鞋的主人猶豫了，帆布鞋略爲不安地摩擦地面，也許是在評估對方的攻擊性。

那聲音聽起來很遠，但聲音的主人一下子就跑到了我身邊。

「也很久沒看到你了，家維，你看起來過得很不錯。」李敏澤不帶感情地說。

「你該滾了吧，不要再讓我們看到你。」

不是游健動，也不是健太郎同學，又是吳家維。

又是他趕過來幫助我了。

吳家維摟著我的肩膀，讓我冷靜不少，才順利抬起頭，直直地看向李敏澤。他的鬍子沒刮乾淨，眼神不再閃閃發光，和我記得的他完全不一樣，他變得更瘦弱、更虛弱了。

或許他也過得很不好，但是，我沒有關心他的必要了。認眞地注視他，如同審視一株考慮要不要買下的盆栽，我不再留意他的表情，也不想知道他的心情。這棵盆栽，我不喜歡，我非常不喜歡。

「請你不要跟我說話，永遠不要跟我說話。」我說。

李敏澤轉過身離去，看也不看我們一眼，他的背影看起來非常寂寞，好像隨時都會摔落至湖中。

眞的再見了，李敏澤。下次再遇見時，我會用盡一切努力，閃避你渴望得到注意的眼神，然後趁你來不及伸手拉住我時，就和你擦身而過。

也謝謝你，李敏澤，我其實，並沒有別人想像的那樣恨你。

53 我難以面對的游健勳

「妳沒事吧？」吳家維問。

「不太好。」

吳家維把我拉到一旁的階梯上，從包包拿出一瓶冰水給我。

「妳在這裡等人嗎？」

「我跟游健勳約在這裡。」

「哇靠，松菸眞的跟妳有仇耶。」

「不要吵。」

我大口喝著他遞過來的瓶裝水，試圖讓情緒早點平復。

「我要整理一下自己，等一下要跟游健動見面。」我揉揉太陽穴。

「我說妳啊，不考慮取消約會嗎？妳剛剛遇到很可怕的事情，對方一定可以理解的吧？」

吳家維接過我還給他的水，直接就著瓶口喝掉剩下的半瓶。

「我想要好好地完成這次的約定。剛剛算是腦中閃過人生跑馬燈嗎？還是說腎上腺素一時爆發，所以讓思緒變得很清楚了呢？總之，我對很多事都有了新的想法。」

說完，我還嚷嚷著吳家維怎麼不留一口水給我，換來他一個白眼。

「什麼想法？」吳家維問。

「以後再告訴你好了。」

我反問吳家維怎麼會出現在這裡，他說今天剛好在附近拍片，中午放飯時想來投個販賣機，走著走著就看見我了。

「是說，你放飯的時間應該要結束了吧？」

吳家維看了手機螢幕一眼，驚慌地跳下階梯。

「啊，眞的要遲到了，妳要不要去人更多的地方等游健動？或是乾脆走去找他？不然我怕那傢伙待會又跑回來。」吳家維皺起他那像柴犬一樣的眉毛。

「我想，他不會回來了。」我輕聲地說，「你別管我了！趕快去工作！」

我推了他一把，卻又叫住快要跑起來的他。

「喂！」

「幹麼！」他在離我有點距離的地方大吼。

「謝謝你！」我說。

吳家維不再回話，只是大力地揮揮手，再比了個加油的手勢。

他快速地消失在我的視野中，啊，我總是看著他的背影，而他的每個背影，也總是保護著我。

打開手機，看到游健勳傳來訊息，大概是因爲我和吳家維剛剛坐在樓梯上說話，剛好錯過了他的來電，他說他找不到我。

一通、兩通、三通，我漏接了好多通他打來的電話。

「抱歉、抱歉！剛剛發生了一點事情。」我雙手合十向游健勳道歉。

站在電影院外面的他，手上拿著兩杯飲料，看上去百無聊賴，好像等了很久的樣子。

「沒關係，正好趕上開演！」游健勳摟摟我的肩膀，要我不要在意。

坐進電影院後，我根本沒有心力認眞看完一部電影，滿腦子都在想著剛剛遇見李敏澤的事情，以及待會要怎麼跟游健勳解釋。突然拜訪的尿意，也讓整個觀影經驗變得更加痛苦，我完全忘了這部電影有三個小時，但是又不好意思起身去廁所。

我身邊的游健動，非常專心地看著電影，並沒有發現我有多麼焦躁不安。

該怎麼辦才好？我反覆問自己這個問題。

是問自己，待會要怎麼向游健動訴說比較好？

也是問自己，爲什麼我看見他，反而沒有放心的感覺，以及爲什麼我還是覺得，在吳家維身邊最安心呢？

該怎麼辦才好？

54 我決意道別的健太郎同學

電影播放完畢後，我撐起一個希望還算優雅的笑容，明確地告訴游健動我要去洗手間，現在、立刻、馬上的那種，並等不及他回答就直奔廁所。

我坐在馬桶上，就算衣服都整理好了，也還是不想出去。吳家維說得對，現在的我並不想要接觸任何人，馬上就告訴對方剛剛那段令我恐懼的巧遇，可能只會讓我重新陷入恐慌。

以後有機會再說好了，我做了一個所有感情專家都不推薦的決定，我選擇隱瞞，我拒絕和伴侶傾吐，所有談論關係的書都指出，這會造成伴侶間的隔閡，然而此時此刻我眞的不怎麼在乎。我做不到的事情，眞的就是做不到。

於是我和游健勳吃了一頓恍恍惚惚的晚餐，我試圖跟上他講話的節奏與幽默感，卻一直落拍，或是說出不怎麼有趣的回應。

游健勳察覺到我的異狀，問了我幾次是不是身體不舒服？

散步的時候，他想牽我的手，想和我更靠近一點，我相信這很大一部分的原因，是因爲他關心我，想要給我肢體上的接觸、想要給我安全感，然而我本能性地拒絕，不但沒有牽他的手，甚至還把他的手甩開。

「雅竹。」游健勳停下腳步。

我不安地繼續看著我的鞋子，以及看著他的鞋子，發現他今天穿的竟然是涼鞋，我現在才注意到，我一直以爲，他穿的是上次看表演時的黑色球鞋。

「如果我做錯了什麼事，請妳跟我說好嗎？或是妳今天有哪裡不舒服、遇到什麼不好的事，也都告訴我好嗎？我想知道自己可以爲妳做些什麼。」

我們再度站在路燈撒下的同一光區內，我因爲回想起下午的事而恐慌，雖然快喘不過氣了，還是斷斷續續地，努力向他描述我的狀態。爲了不讓游健動苛責他自己，我敲碎武裝起來的保護殼，於是，又受了一次傷。

游健動盡其所能地安慰我、擁抱我，我們在沒什麼人經過的小巷，站著擁抱了半小時。我不顧了解路人們的眼神，只想沉溺在這片擁抱中。擁抱到時間近乎停滯下來了後，他牽著我坐上計程車，直接送我回家。

「我還穿著外出服，就這樣躺上妳的床，沒問題嗎？」游建動擔心地問。

「沒關係的。」我說，並繼續堅持他要睡床上，不用睡客廳沙發或是地板。

一回到家，我就失去支撐自己的能力，把身體摔在床上。

「今天眞的很對不起你。」我摸摸他微捲的頭髮。

「沒關係的，完全沒關係，我可以理解。」

我幻想著，今天下午救了我的健太郎同學，此刻正把手臂放在我的脖子下，以輕柔的語調哄我入睡。有健太郎同學在的時空，我就是幸福的。

「但是妳以後再遇到類似的狀況，要跟我說喔，不然我不知道要怎麼幫助妳，會花很多時間去做不必要的猜測。」

健太郎同學一如往常地擔心我。

好的、好的，我像孩子般敷衍地答道，把頭伸進他下巴底下磨蹭，呼吸著他的氣息。

我喜歡的健太郎同學，我想像的健太郎同學，此刻正躺在我的身體底下，非常現實地呼吸吐氣……不對，和我躺在同一張床上，對我說溫柔話語的人，是游健動才對。

「我想提出一個很過分的要求，希望你不要拒絕，這完全不是你的問題。」

這樣做好不好？該如何是好？這類想法我已經都不想管了。我確實愛著這個耐心擁抱我的人，可是我沒有辦法把他和健太郎同學分開，我看著他時，還是隱約覺得自己正含情脈脈地看著健太郎同學。

「我好像大概能猜到妳會說什麼了，我其實比妳想像的，還要更了解妳。」游建動側起身子，緊緊抱住我。

「雖然我一定會認真地聽妳說，但我好希望妳不要說出口。」

「我們分手吧。」我說出口。

55 我決意道別的游健動

「對不起，我還沒有準備好。」我輕撫游健動的臉頰，第一次這麼近地細數他纖長的睫毛。

「我總覺得，我只是喜歡想像中的你而已，因爲我一直期待著，會遇到一個人，他會就此改變我的生活，會幫助我建立自我。然而，這樣就太對不起你了，我不但沒辦法好好認識你，甚至還需要過分地依賴你。我或許可以成爲，大家認爲的『好女友』，但那是因爲，我放棄了爲自己做決定，選擇全心全意地相信你，並想要你爲我決定一切，這是不對的吧。」

「對不起，竟然馬上就反悔了，但是，我想趁現在還來得及的時候，趕快告訴你。因爲，我仍然很希望能和你成爲非常好的朋友，也希望或許有一天，能以更好的心態，和跟你一樣好的人戀愛。」

我一直一直地說著話，游健動僅是動也不動地聆聽。不過，他同時也用眼神鼓勵著我，要我不要害怕，要我把想說的話說完。

「或許有點自私，或許有點主觀，但是，我曾經和一個不認識他自己的人交往，他在探索自我的過程中，變得非常焦躁、非常需要別人的肯定，而我不想要變成這樣。我不想要你以戀人的身分和我相處，現在的我還不夠完整，一定會整個陷進去的，我一定會擦掉我好不容易擁有的價值觀，改爲相信你的世界觀。我想，你和這樣的我交往，也沒有辦法幸福吧。」

我想不到還能說什麼，語言紛紛從我的喉頭溜走，冷靜想想，我說的都是一些荒謬、沒有道理，又自作聰明的話。其實只要說一句「我還沒有準備好」，就能傳達整段話的意思了，但我就是想要把我想到的全部都告訴游健動。我必須要先和游健動保持距離，才能眞正地和健太郎同學告別。

和健太郎同學告別，這個念頭對我而言非常具象，讓我想到他站在櫻花樹下的畫面，雖然共同度過了很快樂的時光，但爲了更好的彼此，我們需要說再見了。從今以後，絕對不會有健太郎同學來救我，我要拚命地，找到在每一次困境中，解救自己的方法。

身高一百七十七公分，平常只穿素色T恤的健太郎同學，會在某個無聊的午後的咖啡廳，或某場我甩頭甩到扭傷的演唱會，和我以極爲普通的方式邂逅。

這一段以文字構築出的想像，給了我繼續活下去的勇氣。

痛苦的時候，我總告訴自己，爲了即將到來的邂逅，我必須維持基本的體重、衣著和生活，沒食欲也要好好吃飯，就算不想看到自己的臉、不想照鏡子，也要維持在一個看起來不會太糟的程度，且至少兩天要洗一次澡。即使已經不想活下去、無法想像自己的未來了，也因爲有著對健太郎同學的期待，才能苟延殘喘地起床，努力把大學念完，努力地假裝自己正逐漸掌握人生。

在他快離開的時候，我會猶豫一番再鼓起勇氣，問他的聯絡方式，而他會拿出手機，笑說眞巧，他也想問我的名字。

我曾經以爲，只要遇到了健太郎同學，就能從此過著幸福快樂的日子，如今卻發現，這種日子不是我想要的。我希望那些幸福快樂的日子，不是健太郎同學單方面帶給我，而是我們一起創造的。我不要那麼多來自戀人的愛與包容，我需要更堅實的自我意志，否則，我很快就會失去所有屬於自己的想法。

健太郎同學用我的手機打字的時候，劉海會微微遮住他的眼睛，卻藏不住他泛紅的雙頰，然後，我會說服自己，這不過是天氣太熱的緣故，我手心的汗，也是這樣來的。

現在的我太脆弱了，能夠直視健太郎同學的眼睛，能夠觸碰他的睫毛與臉頰，卻無法不為他改變，太愛他、太想要幸福了，太常沉浸於想像中，於是把和他在一起的時光想得太重要，好像只要跟他在一起、任他帶著我走就好。

我不想要這樣啊，我想要成為的是，能帶給別人幸福的人啊。

「真的沒有我可以再努力的地方了嗎？」游健動問。

「對不起。」

「我不要妳道歉呀，我想說的是，我們才剛開始，甚至也才剛開始認識彼此，我不想就這樣錯過妳。」

「再繼續這樣下去，即使我們在一起，我也還是會錯過真正的你。」

游健動看著我，不再說什麼，我問他要不要一起抽根菸，他收好了自己的東西，安靜地走出我的房門。

而我，抓起鑰匙和菸，與游健動一同以朋友的方式下樓。

健太郎同學，則被我拋向遙遠的星空中。

真的很謝謝你，健太郎同學。

從今以後，我只會在感到快樂的時候，想念起你。

56 我同床的劉優同學

「你們昨晚還好嗎？」

一夜未眠後的早上七點，我的房門被劉優打開，她像是剛睡醒，劉海還捲著髮捲。

「嗯……蛤？」我意識朦朧，好不容易有點睡意了。

「感覺你們相處得很好，真是太好了。」

劉優撲上來抱抱我，抱了一下就退開，嫌我沒洗澡、也沒卸妝很髒。知道她是認真地關心我，我開玩笑地故意用臉磨蹭她的手，嚇得她連忙退開。

「這是我第一次，對他真正地坦承一切。」我放棄入睡，但還不打算起床，就這樣躺著回應劉優，「嗯，不過我們分手了。」

劉優的反應一如我預期，擔心我是不是被游健動欺負的她，進入了心理學所說的

「悲傷五階段」，否定、憤怒、討價還價、沮喪，最後才是接受。不過，我不用向她解釋太多，她就馬上聽懂我在想些什麼，這五階段幾乎是在三分鐘以內完成的。

「有一天，我和妳也會分開吧，不過那也一定是因爲我們要各自去往更好的地方，變成更棒的人，爲此我必須要做好準備才行。和游健動提分手之後，我終於有寫新劇本的勇氣。我覺得我的腳慢慢著地了，終於開始能自己走路。」

啊，不過現在講這個太早了，等我寫完大綱再給妳看吧，我對坐在床邊的劉優說。

「必須要跟給妳夢想的人告別，才能把夢想化爲實際的目標，是嗎？」劉優問。

「對我來說，好像是這樣。」

我問起劉優和主管的事，她說他正在考慮調往台南，那裡有個剛成立的分公司，會提供他更好的職位和薪資。

「不知道該怎麼辦才好呢。」劉優說。

說著說著，劉優也鑽上我的床，我們並肩靠在一起，好像回到了我剛搬到這層公寓那時，我住進劉優的房間，每天都和她睡同一張床。半夜驚醒的時候，她會輕拍我的背；睡不著、哭泣的時候，她會說些生活瑣事，轉移我的注意力。

我們都變得不一樣了，我心想，應該是好的變化。過去我只顧著自己的悲傷，很少傾聽劉優的煩惱。

「你們有討論過這件事嗎？」猜測劉優正有話說不出口，我用最溫柔的語氣問她。

之前隱約感受到，劉優不太喜歡談起她和主管的互動，所以我一直沒主動問她，這麼習慣武裝自己的人，要是突然被人揭開面具，會很害怕的吧。

「他問我要不要跟他一起去，當他的助理，但我想要拒絕。」劉優說。

我心裡雖然有了大概的答案，卻還是沉默著，等劉優自己往下說。

「如果我當了他的助理，對我們兩人來說，就是『從今以後只能是工作夥伴，不可能成爲戀人』的意思。」

雖然我心中閃過一個念頭，想說這個主管都差點跟妳接吻了，他眞有妳想的那麼正派、思慮縝密嗎？但我還是安靜地聽著，想好好認識劉優心中的他。

「今天晚上一起吃飯時，我就要給他答覆了，我要告訴他，我不想去。」

聽到劉優這麼說，我忍不住笑出聲來，劉優困惑地看著我。

「沒事，只是覺得，我們都好難搞啊。」我說。

「也是，雖然都不知道怎麼樣比較好，怎麼選擇才會帶來好的結果，但我們都選了難搞的那邊。」劉優跟著笑了起來。

「沒問題的，我們選的，都是最好的選擇。」

即便心裡還是有一點點的惆悵，我仍這樣對劉優說，同時也是對自己說。

57 我總是撞見的吳家維同學

「你今天不用工作啊？」下樓抽菸時，我又遇到吳家維。

「最近排班和案子都比較少，想要悠哉地準備自己的事。」

說來奇怪，我在巷口遇到他的次數，幾乎都快比在家裡遇到他的次數多了，他這幾年菸應該越抽越凶了吧。爲什麼呢？除了出社會的壓力、養活自己的壓力外，我想應該也有創作上的苦惱，或許，也包括擔心著我？

「那天在松菸，謝謝你了。」我說。

本來想將手掌貼在水泥台階上、撐起身體好好地看天空，手心卻被燙了一下。也是，已經五月了，今年的夏天來得特別快也特別猛烈。吳家維早已換上背心，手臂因長期扛器材，而略有幾分線條。

「妳已經謝過了啦，欸，幹麼盯著我的手看，很奇怪耶。」他難爲情地說。

「抱歉抱歉，我現在又是飢渴的單身女子了。」我開玩笑地說。

「怎麼了？」

「是好的那種。」我搖搖頭，要他不要擔心，突然換了個話題，不是故意的，就只是突然想到，「你那個很壯的高中麻吉，到底是誰啊？」

都過了這麼久了，我第一次想到這個問題，大概是因爲，我終於能好好回憶那件事的細節了吧。當時陪吳家維一起闖進我和李敏澤同居的套房的，那個被吳家維稱爲麻吉的壯碩年輕人，吳家維還宣稱他是法律系的，不知道是眞是假。

「那個人喔，其實是我在你們家樓下隨便抓到的路人，哈哈哈哈。」吳家維大笑，「我跟他說，我有個女生朋友遇到麻煩了，她可能會受傷，問他可不可以陪我上樓。」

回過神來，我才發現自己的嘴巴張得大大的，而吳家維則是笑得好像他永遠都會這樣笑下去一樣。

「我也得好好謝謝他才行啊，你們後來還有聯絡嗎？」

「喔，有啊，我有加他的臉書，前幾天我們還一起去爬山，好像眞的變成bro了。」吳家維拿出手機，找出他的臉書給我看。

那個男孩子，變得比我印象中的還要……嗯……巨大？整個人好像又膨脹了一圈，向外長出了更多的肌肉。而他的個人資訊，則寫著他剛畢業於哲學系。

「每次見面，他都會問一下妳的近況。」

「我眞的好像生完大病的小朋友，鄰居、遠房親戚、樓下早餐店老闆之類的親朋好友，都好關心我。」我調侃自己。

「這樣不是很好嗎？」

「是啊，我非常感謝。」我說，「但我不能一直依賴你們對我的好。」

我站起來，把手上還沒抽完的菸熄掉，手插著腰，對吳家維微笑。

「如果今天沒事的話，要不要陪我去一個地方？」

「好啊。」他說。

我再次坐上吳家維的機車後座，前往我曾和李敏澤同居的那間套房。

老舊的鐵門、老舊的樓梯、樓下傳上來的小吃店油煙，一切都沒有改變。我們站在房門口的走廊上，把一步拆成兩個小碎步，慢慢地檢視四周。

第一次帶李敏澤來這裡時，我非常緊張，雖然他也來過我之前住的宿舍，但邀請男朋友到租來的房間，根本就是少女漫畫常見的情節，我幻想著待會可能發生的浪漫，心裡輕飄飄的，卻又擔心自己會做錯什麼。

結果也沒什麼浪漫的事發生，上了一次不怎麼舒服的床，他就離開了。

我曾在這裡，和李敏澤共度很長一段日子，大部分的時間都很痛苦，可是他都會爲那些痛苦道歉，雖然我理智上明白，他一定會重蹈覆徹，然而我還是會忍不住接受他的歉意。然後，繼續在身體、心理疼痛時，想著健太郎同學。

健太郎同學，我胸口隱隱作痛，但馬上收拾好負面的情緒，我已經決定，之後想健太郎同學時，是要爲了快樂的事而想。

吳家維緊緊跟在我身後，偷偷查看我的表情。

我拿手轉了轉曾住過的房間的喇叭鎖。

果然是鎖著的啊。

這個空間已經有新的人搬進來了，新的房客大概會在這裡認眞地過生活吧。雖然難過的、愉快的好事壞事都會發生，但新房客應該每天早上都認眞地起床，努力推進自己的人生進度吧。

看著門外擺放整齊的女鞋，我在心底說了聲加油。

「走吧。」我抓著吳家維的手腕，明明是想牽著他的，但我現在不該這麼做。

58 我最重要的吳家維同學

我們再次騎上那條路，吳家維雙腿夾著黑色垃圾袋、辛苦騎過的路。當時，他的手肘還死命夾著我放在他腰上的手，夾得我都痛了，那時的我對那樣的疼痛已經很無所謂，只覺得他很怕我沒抓緊摔下去，讓我感到好溫暖。

騎到一半，我們決定停下來看看風景，夕陽的餘暉正撒上山頭，原本綠色、灰撲撲的一切，都換上一片熱情的暖色。

我們席地而坐，把腳伸出護欄外，在這人煙稀少的地方，以可能會被社會大眾責難的方式席地而坐。

吳家維的臉，也被落日染成粉紅色的，他拿出手機放歌，我後悔沒在背包裡放飲料或啤酒。

「我不能喝酒啊！」吳家維說。

「當然是我喝就好，只有我能喝！」我說。

「不管在德國還是在台灣，你都不能酒駕喔！」我指著吳家維的鼻子叨念。

「我當然不會啊！」他本來要裝出生氣的模樣，卻又突然憂愁了起來。

吳家維就要去德國了，下個月就要離開。我不小心打開了鎖，這件我們都知道、卻總是很不想提起的事，就這樣被我在無意間釋放了出來。

「回家後，也來喝啤酒好了。」沉默了一陣，吳家維才說。

他放在一旁的手機，播起秋梅的〈夏季〉。

六月的夏季讓我快要不能呼吸
悶熱的空氣包圍我
爲什麼大家都在唱著喜歡夏天的歌
但是我不喜歡

〈夏季〉詞／曲：王超暉

年輕的聲音，透過手機喇叭唱起歌。

當那句歌詞出現時，我們四目相接了一會。

今年六月夏天，吳家維就要離開了，也很有可能不會再回來了，這樣的夏天，我非常非常不喜歡，可是我必須不要那麼討厭六月的到來。

我們以後會變得怎麼樣呢？我不敢問出口，或許過幾年，我們就不會再聯絡了，現在想起來很痛苦，但或許眞的經歷時，那種想像起來永無止盡的悲傷和遺憾，只會是一種偶爾發作的心絞痛吧。

雖然還是會痛，但日子還是能過。

「你在那邊也要好好吃飯，不要因爲省錢就不吃喔，要省錢就少抽點菸，然後啊，要好好交朋友，不要像剛上大學時那樣，老是瞧不起別人。德國人會喜歡聽幹話嗎？如果會的話，你應該會很受歡迎吧？如果過年可以回台灣的話，一定要跟我說喔！我不管人在哪裡，都會去找你的，不管在那裡、不管幾歲，我都會去找你……」

「……妳別說了啦，我知道的。」

我低下頭，不想讓吳家維發現，我正在忍著眼淚。

「妳才是要好好照顧自己，也要多照顧一下劉優，她越來越瘦了。然後垃圾車禮拜三不會來，妳不要每次都忘記。飲水機偶爾還是要洗一下，不要覺得沒差。上次妳跟我說，妳開始在104看工作了，我覺得這樣很好，妳做什麼都會做得很好，所以選最喜歡的那個就好，不喜歡就換，不要太委屈自己。另外，妳是不是又開始想劇本了？又開始每天剪指甲，妳之前煩惱劇本時就是這樣，對吧？我很期待妳的新作品，一定要給我看喔！搞不好我能在德國拍出來，不過，妳最好還是先拿去投獎……」

「……你也先別說了啦，又不是你一飛出去，我們就會斷絕往來。」

「啊，說得也是，只是在想還有什麼話得對妳說時，一下子就會想到很多。」

夕陽快要下山了，好像在說，這個鬆散的時刻也要被結束了。我們兩人中間隔著他的手機，安安靜靜地，把時間留給音樂。

「妳應該每天都會看到，床旁邊的牆壁破了一塊吧？」他問。

「你是說那塊你跟Randy弄出來的破損嗎？」

「對啊，其實啊……」吳家維話講到一半，又不說了。

「其實什麼？」

我用眼神催促著他，意思是：你要是現在不說，可能一輩子都不會說囉。

「那是因爲Randy去我房間借東西，看到我本來要給妳的生日卡片，我後來後悔了，不想給妳了，他卻逕自把卡片帶回他的房間，說要幫我轉交給妳，說妳一定要看到這個。」吳家維慢吞吞地解釋，「所以我後來就跟他小小扭打了一下，那牆壁的狀況本來就很差，稍微用力摩擦，漆就掉了一塊，我也不是故意的。」

「比起牆壁，重點應該是，你爲什麼不想給我看那張卡片吧？」我吐槽。

「因爲那張卡片上寫著我喜歡妳啊，很幼稚吧，哈哈，現在回想起來，還是覺得自己這樣很老土，還好沒有送出去。Randy當時是從我的床底下把那張卡片拎出來的，上面都是灰塵。」吳家維搔著頭，又害羞了起來。

如果吳家維在我生日時，送我那張卡片，如果那天Randy成功把卡片交到我手上，又會發生什麼事呢？這些問題，我現在都不好奇了。

「吳家維，我曾經在很多個時期、很多個一瞬間喜歡著你喔，甚至非常非常地需要你，覺得有你在眞是太好了，跟你在一起的時候，比起快樂，或許用幸福來形容會更精確吧。」

太陽快要完全沒入山頭，天空由橘轉藍，也是個漂亮的顏色。

「謝謝你，一直在我身邊，我會繼續用朋友的方式愛著你，會一直在遙遠的這座小島上注視著你的。你是我短短二十幾年生命中，最重要的人，最喜歡的人，比起戀愛，我更想要用更加自由的方式喜歡你、支持你。我非常眞心地爲你感到高興。」我說。

和吳家維相處的這幾年，已經足夠幸福、足夠美好了，這樣眞的就足夠了。吳家維離開後，一部分的我應該也會消失吧，因爲有吳家維在身邊，才能夠漸漸成形的那一個我，或許會因爲他的離開而不見也說不定。不過，我也一定能夠長出新的自己。

不管發生了什麼事、不論與誰分離，我都可以重新開始，只要好好地生活下去，就能再次得到幸福。這也是吳家維在這幾年的陪伴與對話中，教我的事情。

我伸出手，越過吳家維的手機，左手食指抵達吳家維的手背，吳家維翻過手掌，輕輕地回握住我。

我們看著彼此的臉，這次沒有人害臊。

「再坐一下下好了，不想那麼快回家。」吳家維說。

59 我不在身邊的健太郎同學

不在我身邊、離我很遙遠的健太郎同學，最近過得還好嗎？

我終於畢業了，也算是多虧有你的緣故。

在畢業前，我爲了通識課寫了一個不怎麼正式的劇本，同組的學弟妹都很喜歡，總覺得我因此重新找回了一點自信，雖然那分量還是微不足道，可是我喜歡做這件事，也或許能做得很好，我又有了想要嘗試的勇氣。

吳家維的房間空了出來，我和劉優正在找新房客，新房客很有可能也是一個延畢中的女孩子，未來會跟她聊些什麼呢？我非常期待。

游健動開始著手寫論文了，變得非常忙碌，我們巧遇的次數變少，但還是有約出來吃了幾次飯、看了幾部電影，他總是體貼地約在松菸以外的地點。我也把他介紹給劉優，他們很聊得來，可惜我和他始終除不去中間那層薄薄的膜，或許永遠都除不掉了，但又有誰說得準呢？

人生眞的是很有趣啊。

我曾經以爲，健太郎同學你就是游健勳，後來才發現，其實早在吳家維騎車帶我離開李敏澤的時候，我就把你投射在他的背影上了，也難怪之前喝醉時，我會靠在他的身體上嚷著你的名字啊。

有時候我眞的很希望，你就在我身邊。然而，又因爲你永遠都不會在我身邊，我才能這麼放心地想念著你吧。

我不再有那麼多的話，想向你訴說了。

只願你我都一切順遂，願所有我思念的人們幸福。

有一天，我會努力寫下，發生在我身上的關於你的故事，這麼一來，你也算是眞的活過、體驗過這麼有趣的人生了吧！

謝謝你，健太郎同學，最喜歡你了，讓我活下去、使我重新變得幸福的，我想像的健太郎同學。

全文完

後記

沒有人會永遠寂寞

去年開始寫《我想像的健太郎同學》，也是在這樣炎熱的夏季。

聽到這個故事終於要以實體書的方式和大家見面時，我既興奮又緊張，興奮是因爲，可以把我所想的事情、我所聽的音樂，以小說的形式分享給大家；緊張是因爲，捧著書閱讀，就好像是和其他讀者一起認識一年前的我自己。

構思這個故事時，其實是想寫一個不談戀愛的戀愛小說。健太郎同學象徵著我們對戀愛的著迷與想像，吳家維則是那些與我們擦身而過，卻不改其美好的人們，每個角色都有其意義，就像我相信，每個參與我們生命的人，注定都會教會我們一些什麼一樣。

在這個世界上，有許多感情是不同於戀愛這種心情的存在，那些情感並不會因爲沒有演變成戀愛，就變得比較沒有價值，或許反而還可以因此綿延得更久也說不定。

我想寫的，就是珍惜這種感情的小說。

除此之外，《我想像的健太郎同學》也濃縮了某一年我反覆思考的事情，我同樣在成長過程中經歷不少挫折，失去了「只要我想做，就一定做得到」的信念，再也不信任自己，害怕嘗試新的事物、害怕不被肯定、害怕失敗，常常關在房間裡，任時間就這樣過去。

在POPO華文創作大賞頒獎典禮時，我在得獎感言中提過，《我想像的健太郎同學》寫的是一個人信心被擊碎之後，很幸運地在旁人的支持下重新站起來，但站起來之後的生活，就是獨自一人的戰鬥了，必須停止依賴身邊的人，一步一步堅定地往前方走去，雖然不知道前面有什麼，但正是因爲不知道，才更需要向前邁進、去看一看吧。

現在想想，這番話實在是很嚴厲呢，必須在這裡額外補充一下，無論結果如何，光是曾經努力過的這個「努力」，就已經足夠珍貴了，這代表著你願意爲此付出時間與心力。結果很重要，但過程更值得肯定，結果能夠濃縮成一行文字，然而過程顯現的是立體的、較爲完整的你，而《我想像的健太郎同學》就是潘雅竹努力的過程。

寫完這一篇小說，我才終於有了解自己的感覺，這個夏天我就滿二十四歲，至今仍不斷與自己對話著，《我想像的健太郎同學》對我來說，是無法用第三人稱寫的作品，文內反覆出現著「我」與「自己」，就像這篇後記一樣（笑），我一直在跟自己兜圈和鬥嘴。潘雅竹眼前的難關，不是愛情也不是友情，而是現在要如何認識自己，以及要如何帶著這樣的自己前往下個階段。

人生孤獨又不孤獨，即便我們需要孤單地解開難題，那些曾經相遇但總有一天會離去的「他們」，一定會在某些瞬間讓你感到溫柔，沒有人會永遠寂寞，如果寂寞的話，就往前看看吧，必定會有人注定和你走一段。

希望這本小說，也能在你對世界感到失望時，陪伴著你。謝謝你，與我和潘雅竹相逢。

小四

POPO城邦原創 www.popo.tw 城邦原創 長期徵稿

題材

(1) 愛情：校園愛情、都會愛情、古代言情等，非羅曼史，八萬字以上，需完結。
(2) 奇幻/玄幻：八萬字以上，單本或系列作皆可；若是系列作，請至少完稿一集以上，並附上分集大綱。

如何投稿

電子檔格式投稿（請盡量選擇此形式投稿）

(1) 請寄至客服信箱service@popo.tw，信件標題寫明：【投稿城邦原創實體書出版／作品名稱／真實姓名】（例：投稿城邦原創實體書出版／愛情這件事／徐大仁）
(2) 稿件存成word檔，其他格式（網址連結、PDF檔、txt檔、直接貼文於信件中等）恕不受理；並請使用正確全形標點符號。
(3) 請附上真實姓名、性別、聯絡電話、email、POPO原創網會員帳號、作者簡介與出版經歷。
(4) 請加入POPO原創市集（www.popo.tw/index）申請成為作家會員，並將投稿作品公開放上該網站至少4萬字，若想全文公開也可以。

紙本投稿

(1) 投稿地址：10483台北市民生東路二段141號6樓
城邦原創實體出版部收
(2) 請以A4紙列印稿件，不收手寫稿件。
(3) 請附上真實姓名、性別、聯絡電話、email、POPO原創網會員帳號、作者簡介與出版經歷。
(4) 請自行留存底稿，恕不退稿。
(5) 請加入POPO原創市集（www.popo.tw/index）申請成為作家會員，並將投稿作品公開放上該網站至少4萬字，若想全文公開也可以。

審稿與回覆

(1) 收到稿件後，約需2-3個月審稿時間，請耐心等候通知。若通過審稿，編輯部將以email回覆並洽談合作事宜，如未過稿，恕不另行通知。
(2) 由於來稿眾多，若投稿未過，請恕無法一一說明原因或給予寫作建議。
(3) 若欲詢問審稿進度，請來信至投稿信箱，請勿透過電話、客服信箱、部落格、粉絲團詢問。

其他注意事項

(1) 請勿抄襲他人作品。
(2) 請確認投稿作品的實體與電子版權都在您的手上。
(3) 如果您的作品在敝公司的徵稿類型之外，仍然可以投稿，只是過稿機率相對較低。

國家圖書館出版品預行編目資料

我想像的健太郎同學／小四著. -- 初版. -- 臺北市：城邦原創出版 ： 家庭傳媒城邦分公司發行, 2020.08
面；公分. --

ISBN 978-986-98907-8-6（平裝）

863.57 109011283

我想像的健太郎同學

作　　者／小四
企畫選書／楊馥蔓
責任編輯／楊馥蔓

行銷業務／林政杰
總 編 輯／楊馥蔓
總 經 理／伍文翠
發 行 人／何飛鵬
法律顧問／元禾法律事務所　王子文律師
出　　版／城邦原創股份有限公司
台北市中山區民生東路二段 141 號 6 樓
電話：(02) 2509-5506　傳眞：(02) 2500-1933
E-mail：service@popo.tw
發　　行／英屬蓋曼群島商家庭傳媒股份有限公司城邦分公司
聯絡地址：台北市中山區民生東路二段 141 號 11 樓
書虫客服服務專線：(02) 25007718・(02) 25007719
24小時傳眞服務：(02) 25001990・(02) 25001991
服務時間：週一至週五09:30-12:00・13:30-17:00
郵撥帳號：19863813　戶名：書虫股份有限公司
讀者服務信箱 email：service@readingclub.com.tw
城邦讀書花園網址：www.cite.com.tw
香港發行所／城邦（香港）出版集團有限公司
地址：香港灣仔駱克道 193 號東超商業中心 1 樓
email：hkcite@biznetvigator.com
電話：(852)25086231　傳眞：(852) 25789337
馬新發行所／城邦（馬新）出版集團 Cité(M)Sdn. Bhd.
41, Jalan Radin Anum, Bandar Baru Sri Petaling,
57000 Kuala Lumpur, Malaysia.
電話：(603) 90578822　傳眞：(603) 90576622
email:cite@cite.com.my

封面設計／Gincy
電腦排版／游淑萍
印　　刷／漾格科技股份有限公司
經 銷 商／聯合發行股份有限公司
電話：(02)2917-8022　傳眞：(02)2911-0053

■ 2020 年（民 109）8月初版　Printed in Taiwan

定價／260元

ISBN　978-986-98907-8-6

POPO城邦原創 www.popo.tw　城邦讀書花園 www.cite.com.tw